LOCUS

LOCUS

LOCUS

LOCUS

RECREATION

R21

海角七號　電影小說

Cape No.7

（海角七號典藏套書1/2）

作者：魏德聖／劇本原著　藍弋丰／小說改寫

責任編輯：丘光

校對：呂佳真

法律顧問：全理法律事務所董安丹律師

出版者：大塊文化出版股份有限公司

台北市105南京東路四段25號11樓

www.locuspublishing.com

讀者服務專線：0800-006689

TEL：（02）87123898　FAX：（02）87123897

郵撥帳號：18955675　戶名：大塊文化出版股份有限公司

※小說改寫者藍弋丰特別聲明：

「願意將出版所得版稅全數捐給魏德聖導演供投資拍攝電影《賽德克・巴萊》之用。」

總經銷：大和書報圖書股份有限公司　地址：台北縣五股工業區五工五路2號

TEL：（02）89902588　FAX：（02）22901658

排版：天翼電腦排版印刷有限公司　製版：源耕印刷事業有限公司

初版一刷：2008年12月

定價：新台幣 280元

Printed in Taiwan

國家圖書館出版品預行編目資料

海角七號 ： 電影小說 ／ 魏德聖 劇本原著，
藍弋丰 小說改寫.
-- 初版. -- 臺北市: 大塊文化, 2008.12
272面； 14.8x21公分. -- (R ; 21)

ISBN 978-986-213-096-4（套書1/2,平裝）
ISBN 978-986-213-099-5（套書,平裝）

857.7　　97020187

海角七號〔電影小說〕

Cape No.7

魏德聖／劇本原著
藍弋丰／小說改寫

台北

夜的深黑布幔一絲不透包裹著這個城市，日間炙人的陽光早已遠去，街道上卻瀰漫著比日落時分還讓人汗溼衣裳的熱度。理當深黑的夜幕，透著隱隱的亮光，一道垂直的陰影，龐然占據夜空中的一角，彷彿是在夜的布幔上撕開了一個口子，這片陰影在這城市的哪兒都看得到。

一切反常都有很科學的理由：悶熱是因爲台北是個盆地；異樣的夜空是因爲光害；哪兒都看得到的陰影，是台北的地標——號稱有一百零一層的台北國際金融大樓。

他們說，這個反常的城市就是台北。

羅斯福路寬廣的八線大道上，偶有汽車亮著大燈呼嘯而過，景福街旁窄曲巷弄裡靜無人聲。四五層樓的住宅櫛比鱗次排列著，夾在其中的小弄忽寬忽窄，時而三叉，夾出一塊斜邊或是三角形的樓房；一只只的鐵籠子凸出壁面，封在建築物的窗口上，鐵籠子裡頭，一具具長方形的冷氣機發出低沉、和諧，但擾人的嗡嗡聲響，成了夜裡唯一的聲音。

因為盆地難以散熱，所以家家戶戶只好把自己的門窗緊緊封閉，打開冷氣，壓縮機把房間內的空氣緊壓，榨出令人不愉快的熱氣，然後把它猛吹到街上，同時用乾燥貧乏的冷漠來冷卻自己。人人都把令人不愉快的熱氣吹到別人的地方，於是人人只好把門窗更緊緊封閉，把冷氣開得更強，製造更乾燥貧乏的冷漠，然後把更多的不愉悅吹散到別人的地方去。

「日頭赤炎炎，隨人顧性命。」說的是在大太陽底下，但台北的夏天在沒有驕陽的夜晚炙人，一沒了冷氣，幾分鐘之內，就會渾身溼透，動一根手指都會讓汗水直流。

「不過三個月沒繳而已，斷電就這麼有效率。」阿嘉咒罵了兩句，一邊抹了抹額頭上的汗珠，悶死人的高溫讓他心頭的煩躁直線上升。房間內的氣溫很高，但氣壓很低，就在幾天前，他僅存的唯一收入來源，告訴他不再讓他駐唱。

「什麼都在漲，店租又不降，」那天，老闆淡淡的說，「我們不得不轉型，把舞台拆了，可以多塞進好些座位……」

就這樣？駐唱了這幾年，難道一點情感都沒有嗎？一定要在最需要這份收入的時候拋棄我嗎？就算不論情感，這幾年來，我們樂團拉來多少狐群狗黨來捧場，製造了多少歡樂，這一切都不值什麼嗎？

「你們團早解散了，」老闆無心的話有如針刺，他看到阿嘉臉上變色，語氣緩和了點，「現在這麼不景氣，那些個雅痞，每個月透支，早沒錢消費了，我們要改走平價路線，不然，這店只能收起來。」老闆關上門，把他留在燠熱的室外。

他的樂團已經解散兩年了。

兩年前，他們尋求新經紀約，一再碰壁，那天晚上，鼓手突然哭喪著臉說：「我們真的那麼不行嗎？」

他站起來，哼起歌，想對鼓手說些安慰的話。

世界末日就儘管來吧！在此之前，我要無樂不作……

但是團員們表情尷尬。

「怎麼了？」阿嘉看向吉他手。他把臉別了過去。

「有什麼事瞞著我？」他又看向鼓手。鼓手支支吾吾，說不出話來。

「阿嘉，」貝斯手走向前，「我們要出道了。」

「眞的？」他臉上突露喜色，「這是好消息啊，爲什麼不告訴我？」

「是眞的，」貝斯手凝視著他，「……但是，主唱不是你。」

「……啊？」喜色轉成了無限的詫異與不解，熱得讓人窒息的房間，彷彿忽然間冷了下來，他寒毛直豎。

「你唱歌太用力了，阿嘉，我一直說過的，」貝斯手說，「唱片公司私下來談，他們有想捧的人，要安插進來當主唱，他們不滿意你的歌路，也覺得你的外型不夠亮眼，但是願意簽我們全部，我們……」

阿嘉只覺得腦中一片空白，他愣愣的看著貝斯手，等反應過來，他往前一步，兩手往比他高出一個頭的貝斯手胸膛上一推，「你這是什麼意思！」他又用力推了一下，「這不就是去組假團了嗎？只不過是被當成可拋棄的裝飾品罷了！」

「阿嘉，夠了，」貝斯手推開他的雙手，「我們這個團，已經幾年了？你看看你，都三十歲了，能一直這樣下去嗎？」

「你怕什麼！」阿嘉反唇相譏，「你老爸在深圳開工廠，你怕什麼，大不了回去當做馬桶的老闆！」

「夠了！」貝斯手抓住阿嘉扯住他衣服的手，把阿嘉往自己一拉，抬高音量，「你以為我有工廠可以回去很好嗎？我那老頭子從來沒有一天不威逼利誘我回去接班，你以爲我喜歡這樣嗎？可不像你的繼父還支持你玩團！」

「他才不是我的繼父！」阿嘉吼道。

吉他手上前來拉住他，苦勸道：「阿嘉，不是我們要背叛你，我們也是百般無奈啊，就像『天欲落雨，老母欲嫁尪』……」

「你說什麼？」阿嘉怒不可遏，一拳往吉他手臉上揮過去。

「別打了！」鼓手和鍵盤手上前把阿嘉拉開。貝斯手扶起臉上青腫的吉他手。

「對不起，」吉他手一邊摀著臉，一邊說，「阿嘉，對不起，我們並不是有意要背叛你，只是……希望你能了解，這都是我們的錯，但是我們是不得已的……」

接下來他說什麼阿嘉已經聽不到了，他們的身影也模糊不清了。他們，一起熬過了這麼多年，一起為夢想堅持著，他以為，就算受到再多阻礙，只要他們還在一起努力……如今，說什麼都沒有意義了，與其說氣憤朋友們竟然這樣對待自己，不如說他更痛恨自己能力不足，竟然成為朋友們的負擔。

所以，鼓手會悲嘆「我們真的那麼不行嗎？」也是基於同樣的心情吧，悲嘆自己沒有能力保住朋友。

「好，我放棄，我走，」他說，本來，他想直接掉頭離去，但才跨出第一步，又捨不得的回了頭，「我走了以後，誰寫歌？」

吉他手怯生生的微微舉手，轉頭在背包中找了找，一邊說：「這是我昨天寫好的……」但是接下來的話他因哽咽而說不出口了，阿嘉和其他的團員也一時都啞了，阿嘉緊握的拳頭鬆了開，拍拍吉他手的背，貝斯手也上前抱住他們兩人的肩。鼓手取出珍藏的幾瓶威士忌，「喝一杯吧！」他說。他們用酒精把自己淹沒，這是阿嘉與他們最後一次一起酩酊大醉。

他們一直同甘苦，共患難，卻沒想到會以這種方式結束。

十年前，唱片公司在表演場上發掘他們，和他們簽了經紀約，說相信他們一定是明日之星，一開始，安排他們出現在已經出道的歌手的MV中，還計畫要幫他們與旗下一線歌手出合輯，豈料，後來無聲無息的沒了下文，就這樣一年拖過一年。

「……沒有辦法啊，」經紀人四兩撥千斤的說，「樂團現在已經不紅了，退流行了，除了那個天團，還有一些個假樂團，其他的團不也都解散了嗎？你們又怎麼出道呢……何況現在盜版嚴重啊，公司收入大不如前，沒辦法把錢花在不是刀口上……」

過不久，他們就解約了。

只留下當初他們賴以被發掘的〈Don't Wanna〉這首歌。在操著台語的恆春長大，來到台北，卻經常是說著國語，演唱著英文歌，有著一種莫名的諷刺感。

他用手電筒照了照這間窄小租處，除了斑斑壁癌，已經什麼都沒有了，阿嘉走向門廊邊，捧起掛在壁架上的安全帽戴上，然後一把抓起黑色吉他套。

「砰！」鐵門用力的關上。

陳舊的水泥牆，滿布經年累月雨水與空氣汙染所共同留下來不起眼的紋樣，對映著有著一塊塊斑紋的路燈基座。夜幕上異樣的微光彷彿凝結在空中，玻璃罩底積了一層黑垢的路燈閃了一閃，蒼白的光線透過飛舞著的白蟻，照著乾枯的水泥牆角，以及停在水泥水溝蓋上，一輛老舊、不起眼，載滿了行李的打檔機車。

阿嘉拖著深黑色的吉他套，一邊牽車，才剛跨騎上去，背帶一鬆，吉他套落到地上，他不禁心中咒罵了一聲——連吉他都要和他作對嗎！

這把吉他是他從台中帶上台北的，是大學熱音社的社員們合買送他的畢業禮物，他一直很珍惜它，捨不得弄傷分毫。

四面八方的冷氣機轟隆隆、嗡嗡響，明明早已規定冷氣滴水要罰，但三樓的那台冷氣機，冷凝水還是滴滴答答的打在二樓的石綿瓦上。

還要這把吉他做什麼？

阿嘉把吉他套拉開，抽出那把曾是他的最愛，往回走。

「我操你！」

他高舉吉他，接著往下對著路燈基座重重揮舞，音箱打在路登基座那用粗螺絲接合的角頂上，發出了「篤」的一聲，隨即是木頭應聲破裂，三分之一個音箱垮了下去，化爲木塊與木屑激射而出，原本繃緊的吉他弦鬆脫彈了開來，發出一些聲響，然後就永遠的沉寂了。

「我操你媽的台北！」

阿嘉第二下揮擊，剩下的音箱也崩潰，完全不成形，四散飛射而去，只剩下吉他琴頸，帶著新鮮的斷面，阿嘉把它往地上一拋，跨上機車，引擎聲響，一蓬白煙從排氣管噴了出來。

他又看見了哪裡都看得到的台北一〇一大樓。還記得它建造到一半時，只是一個巨大的鋼鐵架構，工程日夜不停，每到夜晚，焊接的熊熊焰火，和所噴灑出的火花瀑流，此起彼落，間歇照亮那一條條陰森森的鋼梁，彷彿科幻電影中，邪惡銀河帝國用來毀滅宇宙的要塞。建好之後的一〇一大樓，四面的腰上佩戴著一枚「孔方」，各層角落和邊上，鑲上代表金錢的「元寶」裝飾。

這麼說來，它的確是台北的象徵。當初，阿嘉一個人來到台北，充滿著希望，他曾經覺得自己什麼都做得到，夢想著金碧輝煌，就如同台北一〇一大樓的外表裝飾滿了元寶，卻不料那只是表象而已，其實裡頭都是冷酷無情的灰黑鋼鐵。

夜晚的黑幕掀起了一角，透進微明的晨光，阿嘉走進便利商店，想買些食物飲水，店裡的廣播正放著小野麗莎翻唱約翰・丹佛的那首英文老歌：

帶我回家……

回到我屬於的地方……

收音機讓我想起了遙遠的故鄉……

我應該在昨天就回家了，昨天……

他什麼都沒買，急急走出店外，自動門「叮咚」了一聲，阿嘉眼眶中不知何時微微溼了，擦了擦，又再湧出，他跨上車。

回家，我要回家。

南

不過早上六、七點，中華路上就已經車水馬龍，阿嘉被包圍在機車陣中，等待紅綠燈時，每輛機車的引擎低沉怠速運轉，排出廢氣，就如同在台北每一天的街頭。

不自覺的，機車轉進成都路，繞入西門町，或許是出於習慣，或許是有部分的自己，想在離開前，再看看自己曾經揮灑過熱情的地方，但阿嘉沒有任何感觸，事實上他什麼都沒在想，就這樣穿過這塊台北地下樂團們最後的集散地，晃悠悠的，機車已經上了中興橋。

他大可搭乘火車或客運南下，把這輛快有十年歷史的鈴木打檔車交給機車託運行即可，一如他來台北的時候。不過，阿嘉卻完全沒有考慮這麼做，或許是因爲在這個時候他不想離開他的愛車，或許是因爲在這個時候他只想親自扭著油門狂飆，又或許是，在騎上車之後，專注在眼前的道路上，可以讓紊亂的腦海暫時空白，不再浮現讓他矛盾痛苦的回憶與思緒。

但是它們還是浮現出來。

新光三越摩天大樓就在後方，映在後照鏡上，隨著機車的震動搖晃著，彷彿在與他道別。當阿嘉來到台北時，它還是台北第一高樓，先前曾是站前地標的大亞百貨，在它的腳下有如侏儒，然而，當台北一〇一大樓建成，輪到新光三越摩天大樓相形見絀，連上頭的觀景台也因爲門可羅雀而悄悄關閉了。

一山還有一山高，或許，這就是台北所要告訴我的？這個想法讓他痛苦。他腦海中不禁響起了那首他激昂唱著的〈Don't Wanna〉，那英文的歌詞訴說著：

我嘗試過了無數次……
我不會再浪費我的時間與生命，
在你夢中尋安身之處……
該是追尋新事物的時候了。

＊＊＊

一小時的時差，同一個時間，栗原南搭乘的新幹線列車正從東京出發。

不到兩個小時的車程而已。列車穿過神奈川縣、靜岡縣、愛知縣……窗外風光快速變化著，從東京、橫濱的高樓林立，到靜岡，遙望著富士山，丘陵山林交錯，波光嶙峋的濱名湖，進入愛知縣，窗外開始見到一座座工廠，先是小小的廠房散布著，接著越來越大型，越來越密集，許多廠房已經陳舊，水泥壁上有明顯的裂痕，管線也鏽了，似乎不像是工業大國日本該有的樣子。

栗原南上一次搭乘這班列車，是在六個月前，接父親轉院到東京去的時候。自從母親過世後，獨居的父親身體狀況也急轉直下，很快病倒了，考慮到東京的醫院設備比較好，所以將他接到東京，但是才過了一個月，父親回天乏術，追隨母親而去。

這次前往東京，再回到這裡，人事已全非，只爲了整理父親的遺物。

說起來，或許父親也沒能留下什麼遺物吧？從她有記憶以來，父親總是勞碌卻淸貧，母親時常要兼各種差事貼補家用，在常滑的老家，夾在鐵路和岔路之間，被切成了三角形，半磚、半木造、覆瓦、半鐵皮的，每當列車經過時就會震動，和她在東京時的住處相比，簡直是不同的世界。她就是爲了逃離這個一無所有的家，才會二十歲就結婚，遠嫁到東京去，幸而她丈夫待她很好，遷到宮崎市以後，收入也穩定，讓她這二十幾年來總算能過個一般日本家庭主婦的生活。

她和父親的情感相當淡薄，父親總是工作到相當晚才回家，他年齡比母親大上十幾歲，體力並不好，每當回家時，也沒有氣力陪她玩耍談心，她遠嫁東京後，和父親就更形同陌路了。諷刺的是，直到父親到東京住院，她借住東京親友處，每天隨侍照護，父女倆才彼此熟悉了些，但病魔卻在此時將他帶走了。

栗原南在金山站下車，只要穿過三鐵共構的車站大廳，就是名鐵（名古屋鐵道株式會社）月台。這個時刻，大廳中旅客三三兩兩，有一對情侶穿著突兀，在車站各處搜括旅遊簡介，大概是台灣來的觀光客吧？自從台灣旅客免簽證以後，台灣觀光客就變多了，她以前在東京時也常看到。

台灣……父親曾到過台灣，這是她在父親生病期間才知道的，父親先前從未和她提起過。有一位父親的老友來探視他，恰好父親正注射藥物昏睡中，那位佐藤先生就和她聊了一下，佐藤老先生告訴她：他當年與父親一同乘坐「高砂丸號」，自台灣「引揚」回國，父親在船上時，一直孤單單的，遠離所有人，並且一直在寫信，讓他印象很深刻，後來父親在名古屋工作時，佐藤先生認出他，因爲曾經同船的關係，兩人就成了時常書信往來的好友。

栗原南並不清楚這些歷史，佐藤先生也沒有多說什麼，只留下了聯絡方式，說會再來探視父親，但之後才過一週，父親就走了，佐藤先生終究還是慢了一步。

再見到佐藤先生時，已經是父親的告別式了。

中部國際機場建成後，名鐵常滑線因爲銜接名鐵空港線的關係，列車的班次和等級都增加不少，車上有許多各國人士，提著行李箱，顯然是要前往機場的，像栗原南這樣單獨乘車的中年婦女幾乎沒有。離開名古屋市區後，大型工廠、集合住宅漸少，接著的是成片的二層樓平房，越接近常滑，平房的頂上有了瓦片，最後是許多平房的牆壁成了木造。

常滑其實變了許多，自從中部國際機場落成，常滑銜接機場那側開始有物流公司進駐，緊接著是大型商場，還有相關各行各業也興旺了起來，但在另一側，常滑仍是那副凝結在時空中的樣子。

哦？剛剛那對台灣情侶也在常滑下車了，他們正攤開「煙囪散步地圖」看著，眞的是觀光客。常滑從戰後以來就是陶瓷工廠聚集之處，全盛時期林立的煙囪隨時都噴著黑煙，小時候，父親就在其中一家工作，父親一開始只做粗活，搬運磚頭、花盆，日日都弄得渾身髒汙，後來，老闆發現他字體清秀，於是改讓他爲高檔瓷器上釉色花紋，有時負責題字，醫生說，父親的病，有可能是當年的工作接觸了太多重金屬所致。

現在，當年的窯只剩下其中一些還有開工，市政府就把停工的陶窯煙囪當成了觀光資源。路旁左右堆置著陶瓷製品，一個個浴缸套疊在一起堆放著，不遠處是好幾疊的花盆，那兩個台灣人往海邊去了，大概是想去看看賽艇吧，不過他們顯然不曉得賽艇不是每天都有的，栗原南左轉，把他們拋在身後。父親的住處，也是她的老家，就在眼前。

門牌上寫著「栗原」，原本應該有「敏雄」、「佳子」、「南」三個名字在下頭的，現在一個都沒有了。

推開門，一股不好的回憶湧了上來，家裡還是像小時候那麼的狹窄，走道上連個轉身的空間都沒有，不過父親總是把它整頓得一絲不苟……一直到他病倒前。已經半年以上沒有人居住，櫥櫃、桌面上免不了上了一層薄薄的灰，栗原南對灰塵過敏，摀起鼻子，左右看了看，決定先走上樓。

樓上是父親的書房，放滿舊書的櫃子，緊貼著小得可憐的衣櫃，父母親的臥房小到放不下，只好擺到書房來，一張小小的書桌，上頭擺著父親愛用的鋼筆，還有一台早已壞掉的打字機。

父親一直有在寫一些詩，或是短文，文筆相當優美，偶爾會投稿，若是刊上了，他們就能用稿費加菜個一兩餐，她結婚離家之後，聽說有位出版社老闆賞識父親，於是父親就到名古屋工作了一陣子，後來泡沫經濟崩潰，出版社倒閉，父親又回到常滑，靠著存款、母親幫傭，與零星做一些潤稿校字工作度日，但每次父親與她見面，總是穿得很體面，還塞錢給她，說東京物價高，要她吃好一點。直到後來，她才知道父母一直過得這麼清苦。

父親從台灣「引揚」回國之後，輾轉了好些地方，最後才在這個常滑港找到安身之處。父親來到常滑以前的事她一無所知，包括他曾到過台灣，他如何來到常滑的，父親絕口不提，母親也所知甚少，直到在告別式上，佐藤先生語帶感傷的回顧了父親的一生，栗原南才知道，原來常滑並不是父親的故鄉。

她打開衣櫃，裡頭也沒幾件衣服，栗原南嘆了口氣，但衣櫃底引起了她的注意，木頭的接縫似乎裂開了？

栗原南蹲了下來，探了探那個縫，發現那是個夾層，她把木板拉開，裡面赫然有個黑漆漆微微發著光的盒子。

這是什麼？栗原南疑惑的把它端了出來，黑漆上有著金色松針紋，相當雅致，她對著桌面吹一口氣，把灰塵吹開，然後才把盒子放在桌面上。要打開嗎？裡頭一定是什麼寶貴的東西吧。雖然她知道父親過世，這一切都是屬於她的了，但還是有種莫名的罪惡感。她輕輕開啓盒蓋。

出乎意料之外的，盒子裡頭放著一名年輕女子的陳舊黑白照片，以及一疊信。

台灣恆春郡海角七番地

小島友子様

如果栗原南在遠嫁他鄉前——還是十幾歲的少女時——找到這些信，她一定會大為震驚，但是她已經是四十幾歲的中年婦女，談過戀愛，結了婚，自己的兒女也都長大了，所以她只是微微驚訝，很快接受了信盒中暗示的事實……這幾封信顯然是寫給父親的愛人，但那個年輕女子卻不是母親。

父親的愛人叫小島友子，也就是照片中的女子，遠在台灣。她有著一頭俏麗的短髮，站在海濱浪花之中。

但是，這幾封信卻從來沒有寄出去，一直塵封在這個盒子裡。

在告別式上，她知道了父親在她年幼記憶所知以前的人生，他的歸鄉、他的流離、他的朋友，但是，父親在認識母親之前，有著什麼樣的愛情故事，卻是她從來都不曉得的，彷彿是父親人生中有著一大片空白。

她突然間覺得自己跟父親從來沒有這麼靠近過。很奇妙的感覺，父親過世了，她反而似乎越來越了解他。

栗原南忍不住想打開信——父親在天之靈，會體諒我的心情吧？——她心跳加速，感覺就好像是少女偷翻父母日記似的。

一九四五年十二月二十五日

友子

太陽已經完全沒入了海面

我真的已經完全看不見台灣島了……

妳還呆站在那裡等我嗎？……

＊＊＊

從台北到桃園，一路上水泥建築物彷彿沒有間斷似的。阿嘉記得樂團曾經接待一位丹麥友人，自桃園到台北一路走省道觀光，結果他以爲桃園到台北整個是一個大都市。當他聽到台北縣市相加有六百多萬人口時，更是驚嚇得嘴都合不攏了，因爲整個丹麥人口都還不到六百萬。

想到這，阿嘉不禁笑了笑，差點撞上轉彎中的連結車。

建築物少了，田野多了，然後是建築物又多了，台中市，他曾經在此度過大學歲月，在此第一次組樂團，吉他……他心頭刺痛了一下。

油門一扭，心思又專注在眼前的道路上。他喜歡騎車，尤其是像這樣永無終止的騎著，彷彿可以將一切如排氣管噴出的大片白煙般全拋在身後。

不知騎了多久，不知不覺騎過了農田，騎過了工業區，騎過了橋梁，騎過了魚塭。台灣的最南方，恆春。

阿嘉的打檔車穿過西門之下時，天色已經又暗了。一場始於西門町，終於西門的旅程。多年沒有回來，上著白漆的老家依舊。那木格子門，門上的毛玻璃，仍然和以前一模一樣。

推開門，他沒有喊「我回來了」，生活規律的母親一定早就睡著了。阿嘉逕自走上狹窄陡峭的木梯，上到閣樓，他的房間。

一開燈，他突然間愣住了。

原本，他以爲他的房間會堆滿雜物，至少會堆滿灰塵。要不，床、櫃都會用大塊布罩起來，或是至少他的東西會被收到一個大箱子裡。但是並沒有。

他以前的擺飾，他的鬧鐘，那只立扇，都還好端端的在原位，彷彿隨時等待他回來似的，他忍不住一腳踩下電風扇開關，它嗡嗡的轉了起來。

阿嘉突然之間感動萬分，這麼多年來，他此時第一次有了歸屬的感覺，有了回家的感覺。

他有點興奮的環視他的房間，在書桌前坐下，打開抽屜，最上頭的是一張他與大學時熱音社社員演出成功的慶功合照，他愕然，心頭一刺，然後很快把照片翻面，塞到最底下去。

一股無邊無際的空虛感，很快把小小的感動給吞沒了。

阿嘉躺了下來。房間一樣沒有冷氣，他脫下上衣。

恆春的夜晚也是炎熱的。

恆春

姓名：洪國榮
學歷：北門高中
經歷：……

替代役男在鎮公所電腦鍵盤上劈啪幾聲就打好了好幾行字，他問：「啊這號『工作事項』是欲打什麼？」

代表會主席斜眼瞥了瞥，他頂著一頭「俗又有力」的捲曲頭髮，一張大餅般的黑臉不怒自威，替代役男就像其他人一樣怕他，但是臉上卻顯得很不情願的樣子，「少年仔！」他數落道：別以爲我們不懂電腦，這個年頭我們也很清楚資訊和網路的重要性，「……只是阮未曉打字而已，勿太囂俳。」

那年輕人一臉不以爲然的表情——又是一個念過大學就自以爲了不起的猴死囝仔，你要學的東西還多著呢！

洪國榮不理會替代役男的態度不敬，說道：「工作事項嘛，第一項就是……」他念一條，年輕人打一條，最後一行字打道：「5.督促鎮公所全力發展觀光事業，代動恆春進步起飛。」兩人都沒有注意到「帶動」的「帶」打錯了。

「好，你給伊上傳、更新一下。」洪國榮交代道，然後拉了拉 POLO 衫，提起黑牛皮公事包走出鎮公所。

這幾天「阿珠口」的小兒子從台北回來，他就不方便到她家去找她了，只能跟她約在餐廳附近碰面。

「阿珠口」也就是日文的「溫子」，雖然她本名是王愛娥。這年紀的女性出生時，台灣還在日本統治下，即使並沒有正式的日文名字，也常常會取個日文稱呼，一直沿用到大。「溫子」原本應該念作「a tsu ko」,但是她的稱呼發音卻是完全台語化的,可以說是既非台語、也不日語的一種奇異名號。

想來也好笑，在恆春鎮，誰不曉得他是地下鎮長，小鎮裡他幾乎每個人都熟識，而他們不是敬他三分，就是怕他三分，唯獨這個從台北回來的小毛頭讓他退避三舍。整個恆春鎮，都曉得他和王愛娥的關係，平常他們也公開在各種場合一起出現，但也是礙著她怕兒女們有意見，所以一直不能正式結婚。

代表會主席很早就喪妻，她是生第三胎時難產死亡的，當時他相當傷心，之後一直未再娶，獨力撫養三個小孩長大。王愛娥的丈夫在阿嘉十五歲時車禍過世，只留下那棟狹窄的房子，從那以後就只靠她在餐廳的工作，以及後來她長子在美國工作寄錢回家，來支應一家大小的開支與子女的學雜費。

身爲民意代表，紅白場少不了要場場跑，王愛娥工作的餐廳是辦流水席的熱門，她時常會在喜宴現場張羅上菜，久了兩人也就熟了，王愛娥溫柔而堅強，爲子女全心付出，是他很欽佩的典型，她也不像其他人對他總帶著幾分害怕。

代表會主席從年輕時就闖蕩江湖，幸而總算能全身而退，還累積了一小筆資本，開始政治事業後，這資本翻了好幾番，他是從來不愁錢的問題，「阿珠口」手頭緊的時候，他都會大方幫助她。到了兩人子女紛紛畢業，她的經濟也寬鬆了，卻是空巢期的煩惱困擾著他們。洪國榮長子在美國工作，次女嫁到新竹，么女在台北工作；王愛娥長子也一樣在美國，次子往返兩岸，小兒子在英國留學，阿嘉則長年在台北。

空蕩蕩的。

在王愛娥已經不需要接濟的這個時候，兩個人之間的感情才起了微妙的變化。

恆春鎮這個小地方，有什麼風吹草動都瞞不了人，幾年下來，鎮民們都心照不宣，最後直接把王愛娥當作他的「家後」。

王愛娥站在街角，洪國榮遠遠的就對她笑了笑，她卻愁眉不展。

「阿嘉轉來，妳不是眞歡喜？」

「歡喜是歡喜，不過……」她娓娓道來，說阿嘉回來了以後，吃也胡亂吃，睡也胡亂睡，每天都睡到日正當中才起床，午餐也都不吃，「……也無在找頭路，若睏醒就去海邊仔，不知在想啥，你講敢未煩惱？」

洪國榮沉思了許久，他知道阿嘉在台北發生的事，「無要緊，」他安慰道，「囝仔在外口拄著困難轉來，難免會失志一陣仔，予他歇睏一暫仔咧，先勿去攪擾，無的確他自己就好了。」

但是她還是一臉擔心，說她很怕阿嘉這樣休息久了，要是懶散成性，以後反而出不了家門，做不了工作。

女人就是這樣愛操心，洪國榮心想，他拍拍胸，保證道：過一陣子，要是阿嘉還找不到工作，他一定幫他想辦法。

「嗯。」她安心了，因爲洪國榮一向說到做到。不知內情的人往往以爲他只憑威嚇讓人屈服，但其實，我有拳頭你有槍，我是代表，你可以找來立委，暴力和權勢都不足以讓人心服口服，只有言出必行——不論是惡是善——才能讓自己所說的話產生分量，讓人信服，而發揮影響力，然後用這樣的影響力來做折衝的工作，不然就算再有權勢，手下再多，每件小事都要勞師動眾的話，遲早會應付不過來的。

洪國榮就是一個這樣言出必行的人，所以雖然僅是小小的鎮代表會主席，卻有著與職位不成比例的地下權力。這份信用——而不是權力——是她之所以傾心的原因之一。

「按呢我先轉去了。」王愛娥說，她要回去幫阿嘉準備午餐。

「嗯。」洪國榮點了點頭。

阿嘉需要個缺，他心中有個備案。他知道郵局恆春分局有位老雇員，茂伯，已經七十幾歲，早該退休了，他也並不缺錢，更何況他還是台灣僅存少數彈奏月琴的國寶。

讓國寶每天冒出車禍的危險送信？說不過去吧。洪國榮有充足的理由勸郵局讓他退休，然後阿嘉就可以頂上他的缺。

主意打定。

＊＊＊

阿嘉赤著上身，躺在閣樓的單人床上，發著愣。

樓下傳來機車引擎聲，然後是年老郵差中氣十足的喊聲：「掛號！」

茂伯年紀一大把了，卻還過度認眞，在台北，郵差送掛號信兩天不遇，就會丟張招領單了事了，茂伯或許是因爲跟大家熟識，最近這幾天媽餐廳比較忙常不在，他竟第三天還會再來。阿嘉原本想起身，想了想，又躺了下去。

茂伯見無人回應，竟韻律的按起了喇叭，「叭叭，叭叭叭，叭叭」，阿嘉充耳不聞，等了一陣子，喇叭聲終於結束，機車引擎聲遠離。

但這已經把他待在屋內的心情破壞了。阿嘉隨手抓起一件T恤，走到樓下，跨上他的打檔車，一路駛向海濱。

小時候，媽總是警告他別去海邊玩水，擔心他被瘋狗浪捲走，直到有一天小阿嘉發現防波堤內的海域沒有浪，媽媽拗不過他，才終於答應讓他到防波堤內的海邊。在他離家到台中念大學之前，每當他閒來無事，或是心情鬱悶，總是會來到這邊，跨過堤防，坐在半溼半乾的沙上，看著浪濤不興的防波堤內海。

他靜靜的坐著，內心卻無法平靜，回來了這一陣子，也該開始找點事做了，但是他什麼都不想做，心中乾枯，怎麼都提不起勁來。他想要把音樂的事全忘記，但是越想忘，它們卻越是不斷的縈繞心頭，那追風的大學生活，難練的吉他……不過，至少，他已經幾乎忘記他是怎麼開始喜歡上彈吉他的，算是有點進度吧。

但是他還是忘不了他曾是主唱，意氣風發，忘不了樂團終於有機會出道，卻是以換下他爲代價，他的一切一瞬間化爲烏有，最後只能像隻鬥敗的公雞，不，是鬥敗的犬，夾著尾巴逃回家。

他只想好好的做音樂，爲什麼要面對這一切？他憤慨，他不解，但是，他不得不接受。已經三十二歲了，走到這一步，任誰都看得出行不通了，再怎麼有夢想，也熬不過現實的冷酷，儘管再怎麼不情願，他必須放棄音樂。

＊＊＊

友子

請原諒我這個懦弱的男人

從來不敢承認我們兩人的相愛……

我甚至已經忘記

我是如何迷上那個不照規定理髮而惹得我大發雷霆的女孩了

友子，妳固執不講理、愛玩愛流行……

我卻如此受不住的迷戀妳……

只是好不容易妳畢業了

我們卻戰敗了……

我是戰敗國的子民

貴族的驕傲瞬間墮落爲犯人的枷
我只是個窮教師
爲何要背負一個民族的罪
時代的宿命是時代的罪過
我只是個窮教師
我愛妳，卻必須放棄妳……

看著這些信，哀婉的文意、優美的文詞，父親眞的是一位心思細膩的文人。她想到小時候父親的工作，當他被生活所迫，去做一個粗魯無文的搬磚、搬花盆工人時，心中是什麼樣的滋味呢？

時代的宿命……時代的罪過……父親到底背負著什麼樣的沉重負擔？栗原南從未想過，日本社會很少提起戰前的事，歷史課本裡也語焉不詳，少數強調著的那些「右派分子」——主流媒體這麼稱呼他們——在她看來又很可怕，挺激進似的，她也對打仗的歷史興趣缺缺，那對她來說，太遙遠了。

直到現在。

她知道的越多，越想更了解父親，想知道過去到底發生了什麼樣的事。這就是爲什麼她又搭上了名鐵常滑線，這次是要到名古屋……她必須去拜訪佐藤先生一趟。

佐藤先生是父親生前最要好的朋友之一，告別式上，就是由他爲父親的一生做回顧的，栗原南回想，當時，他提到父親曾是個盡忠職守的警察，兼任老師，提到了「引揚」，提到了父親的流離，但是佐藤先生似乎沒有提到有關這位小島友子的事，或許是爲死者諱，又或許是父親也從未告訴他這個祕密？

無論如何，佐藤先生總是與父親一起經歷過那個戰亂的時代，他一定能讓她更了解，那個遙遠的過去，然後她才有辦法理解，在那遙遠的恆春，父親爲什麼放棄了他的摯愛。

南投

「馬拉桑！」高高瘦瘦、兩眼微凸、帶著血絲的男子帶頭喊道。

「馬拉桑！馬拉桑！馬拉桑！」其他人也跟著大喊。

「很好，各位很有精神，請持續下去，」西裝革履的業務主管向學員們拍拍手。帶頭的男子是上一梯次的學員，因爲表現相當好，所以被主管留下當助教。

「今天我們來到南投縣信義鄉，」業務主管也身兼講師，前幾天，他都在高雄的總部幫學員們上課，「這裡，就在我們台灣脊梁玉山的腳下，陳有蘭溪流過，它是台灣血脈濁水溪的源流之一。我們公司和信義鄉農會合作的『馬拉桑』小米酒，則源於原住民的文化深處。所以，今天各位要來推廣這個酒，要了解它的精神，就是台灣的根源，雖然各位大都不是原住民，但是要抱著發揚原住民精神的心情，『千年傳統，全新感受』！」

學員們專注的做筆記，有幾個人沒能記得全部，助教拿出自己寫得密密麻麻的記事本讓他們抄。業務主管接著領著所有人進入酒莊，要他們了解所要推銷的酒是怎麼來的。

酒莊裡，信義鄉農會的人員向學員們解說。助教暫時閒了下來，他翻翻課程表，下午，他還要帶著這些人，聽兩位成功的業務員的演講。

助教正分神，冷不防主管走過來拍了拍他的肩，「啊！……主管。」

「來，占用你一點時間？」

他點點頭，跟著業務主管離開那群學員。主管搭著他的肩膀說：「……你知道我們是個新公司，一切草創，還不是十分有規模，很多事得將就著來，現在我們整個屏東都沒有代理商肯代理，公司想派一個業務代表到屏東去開疆拓土，我覺得需要在地人，我看過資料，你是屏東保力人，而且我一路看過來，你很認眞，很拚，我想向公司推薦由你來擔任這個業務代表……當然，這份工作不好幹，屏東現在對我們公司來說是個處女地，說難聽一點就是不毛之地，在那邊跑業務很難成功，一開始業績獎金大概也沒辦法拿到半毛，很苦的，但是要是做成了，你就是個人物了，如何？」

「我……」助教受完訓後，就只當了一個月的助教，一時也不知如何反應。

「不用馬上回答我，」主管笑道，「這樣吧，這些學員給我帶就好，你先回車上休息，好好想一下，明天之前給我答覆就可以了。」

「好……」

助教看著主管走回學員群中，然後轉身往停車場的方向去。停車場上觀光客的轎車和休旅車三三兩兩，其間有著主管的寶馬房車，和一輛上頭漆了「馬拉桑」字樣、車頂還綁著一只「馬拉桑」乳白色半透明酒瓶大氣球的廂型車，早上他就是開著這輛車載著學員們上山。

他又坐上了駕駛座。信義鄉身處群山之中，即使是在夏天仍然相當涼爽，助教開著車門，讓清新的山間空氣吹拂著。

該如何決定呢？

高瘦男子又走下駕駛座，到廂型車後頭，打開後車門，座椅後的空間，堆放著一些雜物、飲料，幾瓶「馬拉桑」，還有一大袋深黑色長型的琴套。

裡頭裝著的是一把電子低音大提琴，那是他的幸運物。由於他是駕駛的關係，有了這個小小的特權，可以在車上載自己的東西，因此他就把這把琴帶在身邊，雖然沒插電就發不出聲音，但是每當他猶豫不決時，總會想撥弄這把琴，看手感如何，來決定自己幸不幸運，這算是個小小的迷信吧，一個人在茫茫人海中，總得找個信心的來源。

他拉開拉鍊，撫摸著這把電子低音大提琴。

當年，他只有十五歲，和老師學琴時，看到琴房中懸著一把碩大的樂器，不禁好奇了起來。

「這叫低音大提琴……」老師說，它是最大的提琴了，全長約兩公尺，琴弓長約七十公分，演奏者必須整個人站著才能拉弦演奏，它是從古代弓弦樂器中最低音的提琴演變而來，在早期，往往比大提琴低八度音演奏，所以稱之爲低音大提琴。

當時他還是個少年，只因爲它體積大而崇拜它，就好像小孩喜歡恐龍的心情一樣，當他漸漸了解它的特性，就發現低音大提琴和他十分投合，它的演奏技術，受到本身構造龐大的限制，比其他弓弦樂器不靈活，但是聲音莊重，它獨奏時音聲有些單調，但在管弦樂團合奏時，深沉的低音卻是最佳的綠葉，低音大提琴也可以撥弦彈奏，在爵士樂等音樂中，襯托出主旋律。他也是這樣的人，不愛出鋒頭，也不善鑽營爭鬥，只要苦幹實幹，幫助團體成功，就是他最大的心願。

但是現在主管卻要求他獨奏一曲。

當年，他和老師學琴，憑著天分和苦練，很快熟練相當多種弦樂器，老師賞識他，就推薦他到一個學生樂團中擔任貝斯手，著實過了一段風光的日子，每當練團結束，回到老師那邊，他總是央求老師借他低音大提琴練習，他樂於身為貝斯手映襯全團，也努力精進貝斯技巧，但低音大提琴才是他的最愛。

畢業後，有一天，他向團員們道歉：「今天是我最後一次表演了。」

「要當兵的關係？」主唱問道，「沒問題的，等你退伍了，我們再繼續合作。」

不，並不是這樣子的，他很高興與這麼好的團員們合作，但是他們的緣分盡了，他不好意思批評夥伴們的夢想，但是畢竟他有經濟的考量，遠在車城保力故鄉的父親收入不是很穩定，身體也不怎麼好，他得為父母多賺點錢，寄錢回去孝敬他們，他是沒有資格賭青春、追夢想的，他很明白這點，他決定簽下志願役，當個志願役士官，等存了一筆錢退伍後，他會找一份平凡的、養家活口的工作。

團員們惋惜，但也表示理解。

「我的貝斯，」他想了想之後說，一邊解下身上的貝斯，「就相當於是我一樣，我想把它捐出來，請轉交給下一位貝斯手。」就當作自己的一部分，留下來陪伴團員們吧！他想，另一方面，也就是把過去的自己留給過去，以後的他，將與音樂毫無瓜葛。

但就在他入伍前，老師帶著團員們來到他家。

「這是……」

「我們不能白拿你的貝斯，」他們笑著說，「收下吧！這把電子低音大提琴，要是你有空就拿出來拉拉，想起我們友誼長存。」

退伍以後，他自問：能做些什麼？除了音樂才能以外，他有的，就只有客家人的苦幹精神而已。雖然說只要肯做，沒有找不到的工作，但是驟然從軍中踏入社會，還是讓他覺得茫然。

「你肯吃苦，不怕和人說話，這樣就可以當個業務員，各行各業總是缺好的業務員。」本身是汽車業務員的叔叔說。

「業務員最重要的就是心態，沒有不好的產品，只有不好的業務員，不管什麼產品，好的業務員都要找出它的優點把它賣出去，沒有環境不好，只有自己不爭氣。要抱著這種心態！」

然後叔叔又告訴他：不要去做大品牌、知名產品的業務，爲什麼？因爲就算你賣得好，那也會被認爲只是品牌的功勞而已，所以，應該去當小品牌、被市場視爲較差的品牌、新品牌、新產品的業務。就像叔叔就是賣韓國車起家的。

「但是，怎麼會有人想買韓國車？」

「我不是說不管什麼產品，好的業務員都要找出它的優點把它賣出去嗎？」叔叔罵道，他說：韓國車雖然形象不好，但是它的功能特色和價格取捨下，總是有需要它的人，就是要找到這樣的客戶，讓他擁有需要的車，那麼，客戶將會很感激你。

「口碑是很重要的，你賣的產品其次，你自己才是你最重要的品牌！」叔叔說，「一定要讓客人很開心，才會『眾口鑠金』，我都嘛是靠客人一個拉一個，才有辦法做業績，就像那個什麼成語……喔，對啦！『三人成虎』……我有一個客人，他『查埔人乾哪剩一支嘴』，還在幫我介紹人……」

叔叔……「眾口鑠金」「三人成虎」是不好的意思吧？應該是「有口皆碑」才對……算了，他也不敢糾正叔叔的用詞。

叔叔說的話有些很有道理，譬如說找小公司、新產品，他覺得這樣的做法很對。但是叔叔有些觀念他就不認同了，怎麼可以不管什麼產品都賣呢？要是自己都不認同的產品，那怎麼去推銷呢？

所以，他決定到這家賣「馬拉桑」的新公司應徵，因爲它是小公司、新產品；而且，他喝過「馬拉桑」，甜甜的，不會太濃，公司說「馬拉桑」在原住民語中，就是半醉不醉的意思，他很喜歡這個意境；「馬拉桑」的包裝，酒瓶的曲線圓圓的，很可愛，既有小米酒的感覺，又有時尚的現代感，花瓣一樣的鮮黃色紙盒外裝，本身很顯眼，打開的方式也很特別；公司的口號也很響亮：「千年傳統，全新感受」。

他聽過業務主管說，好行銷的產品就是，從名字、到包裝、到內容、到情境設計都一致，「馬拉桑」就是這樣的產品。

這是他決定來當「馬拉桑」業務員的原因之一。

他下了決定。

第二天，在高雄的總部，他帶頭喊完「馬拉桑！馬拉桑！馬拉桑！」之後，就和業務主管報告。

「我決定接受這個機會。」

「但是，」主管彷彿在給他最後的考驗，「屏東消費市場眞的很貧瘠，環境很不好喔！」

「沒有環境不好，只有自己不爭氣。」他說。

「很好！」業務主管拍了拍他的肩膀，「我就是希望你有這種精神，跟我來。」

業務主管帶他向總經理報告，然後到主管辦公室。

「公司能做的很有限，但是能給你的資源，我們盡量給，」他告訴他一些基本的支援，「……你得跑遍整個屏東，所以公司派給你一輛車，做爲你的行動辦公室。還有需要什麼的盡量提。」

「主管……」他舉起手，「車的話，我可以要我這兩天開的，上頭有『馬拉桑』氣球的那輛嗎？」

「沒問題，」主管笑了，「開那輛車在街上相當於活廣告，你眞會想哪。」

他不好意思的笑了笑。

「對了，」主管翻了翻抽屜，「我有個朋友，在夏都，」主管交給他一張名片，「黃主任，我和她聯絡過了，你可以在夏都設點宣傳，算是一個開始，我能幫的就這麼多了，」他拉了拉領帶，「接下來，就看你了。」

＊＊＊

佐藤先生的房間也像父親的一樣，小小的，相當整齊，老先生也和父親一樣獨居，子女都在外地工作。當她說明來意後，佐藤先生慎重的看完了信，沉默了一會兒，然後說：「南，妳有空陪我這老頭子到外頭走走嗎？」

佐藤先生就住在緊鄰名古屋城的名城公園附近，小時候栗原南也來過名古屋城，那是在櫻花盛開的四月，人潮比花海還洶湧。但此時綠蔭正濃，非假日的名古屋城只有三三兩兩觀光客。

「佐藤先生，」栗原南提出了她的疑問，「父親是不是自以爲是了呢？他說捨不得友子女士，可是，總覺得，他又好像是在反覆的說服自己，就算那個時代眞的很困難，難道他就不能爭取什麼嗎？」當初，她私奔離家，也經歷相當多困難。

「南，」佐藤先生說，「妳父親，從來沒有和我講過這位友子女士的事，所以，我沒辦法代替他回答，不過，我可以告訴你我自己的過去。」

兩人繞過庭園，眼前是一大片排滿大石頭的開闊空地。說明上寫著，這本來是名古屋城的本丸御殿，在大戰中，遭美軍轟炸，與天守閣一起化爲灰燼，只留下石頭地基。如今名古屋城的大小天守閣已經以鋼筋水泥重建，但本丸御殿還保持被轟平的樣子。

「我在台灣時，隸屬於空軍的維修廠，到了大戰末期，美軍大舉空襲，我記得那天我維修過的飛機一架架起飛，我不顧危險觀戰，只見飛機一架接一架的掉了下來，」佐藤冷靜的說，接著苦笑道：「過了一會兒我才發現，原來落下來的全都是我方的飛機。」

「戰後很久，我看了一些書，才知道在美軍大空襲台灣後不久，就發動了進攻菲律賓的作戰，打起雷伊泰灣海戰，那是人類歷史上最大規模的海戰，」佐藤老人說，「對我來說，我維修過的飛機一架架出動了，去支援海軍作戰，其中，有一些是『神風特攻』機，不論如何，它們都沒有回來。那時候，我就感覺我們要戰敗了。」

「終戰以後，我們被國民黨士兵押送，『引揚』回國，」佐藤老人回過頭來，「南，妳只看了信，可能以爲妳父親只是搭免費渡輪回國，要搭不搭是可以自己決定的，但並非如此。」佐藤緩緩說道，「當年，日本投降後，國民黨政府規定滯留台灣的日本軍民，除了少數他們想留用的技術人員以外，都要強制遣返，而且，當年國民黨士兵身分檢查相當嚴格，台灣人其實不可能混上船。」除非是已經入了日本籍的配偶。

若是這樣的話，那友子女士希望能登船，也只是終將破滅的幻想而已了，栗原南心想，又或是，明知不可能，卻抱著總還是要試一試的心情呢？

「遣返的日本人上船時，身上只能攜帶隨身物品，和一千日圓，其餘在台灣的財產，都一律沒收充公。」佐藤說，一千日圓在戰後，也相當於一無所有，「當我回到日本時，本來想藉著自己的一技之長，到名古屋這個工業城市討口飯吃，沒想到，當我到了名古屋，整個城市就像妳眼前的本丸御殿一樣。」

原來大戰末期，美軍對重工業基地的名古屋進行大轟炸，每次都有上萬枚的炸彈傾瀉而下，到最後，名古屋各工廠、數萬棟民宅，甚至整個市中心都被夷爲平地，受創程度遠甚於台灣，可以想像當年佐藤看到時有多麼震驚了。

佐藤流浪了好一陣子，有很多時候，被迫偷竊或撿破爛才能生存，最後，韓戰爆發，豐田汽車爲美軍生產軍用卡車，他才在豐田找了份差事，一直做到退休。但是，有很多人沒有這麼幸運，戰後不只名古屋，許多城市都一樣成了廢墟，即使沒有成爲廢墟的，也一片蕭條，從台灣「引揚」回國的軍民，住慣了溫暖的台灣，又難以和原本就居住在日本的人競爭工作，生活往往陷入絕境。

栗原南點點頭。當初先是私奔到東京，結婚後幾年，又因爲丈夫工作的關係遷徙到九州的宮崎，兩次搬家都十分辛苦，而這還是衣食無虞下，有計畫的搬家，「引揚」的人們則是被強制遣返戰後殘破的家園，栗原南的經驗根本不能相提並論。

佐藤說，例如，原台灣總督府的圖書館館長，回日本之後，竟因爲天寒時沒有暖氣而凍死了，也有很多人因爲無法在黑市換到食物而餓死了，僥倖撐過來的，經濟狀況大都像栗原南的父親一般，只勉強維持一個還過得去的日子。

她先前聽佐藤先生說過，父親在台灣時是個警察，也因此沒有受徵召入伍，太平洋戰爭開打後，年輕老師都被徵召到了前線，許多學校都不得不停課了，只好由像父親這樣的人來兼任老師。栗原南印象中的父親，一直都是個相當正直的人，實在難以想像他爲了生活所迫，要去偷竊食物或在黑市交易，這會是多麼難過呀！

「所以，如果是我，我絕不會想帶著心愛的人一起走，」佐藤說，「這不是懦弱，也不是自我安慰……妳應該明白的。」

她懂的，年輕時的戀愛總覺得相愛就要在一起，但年長以後，就能了解愛一個人有時並非擁有，而是眞眞切切的爲了對方著想，所以，父親才會獨自承受這一切，而寫下這樣的心情：

友子

我把自己的愧疚寫成最後一封信

代替我當面向妳懺悔

這樣我才會原諒自己一點點

……

我會假裝妳忘了我！

假裝妳將妳我的過往……

像候鳥一樣從記憶中遷徙

假裝妳已走過寒冬迎接春天

我會假裝……

一直假裝到自己以爲一切都是眞的

然後……

祝妳一生永遠幸福！

父親始終沒有將這盒信寄出，或許，是父親從來不曾原諒自己；又或是，父親既然已經決定爲了友子女士，必須離開她，那麼，又何必傳達無益的思念呢？那只是讓彼此更加折磨罷了，不如就讓她認爲自己是個負心漢，然後，眞的忘了他，開始新的生活。父親衷心的希望她能幸福，希望她能忘了既無法相守，就算能相守，也只會讓她挨餓受凍，又無法給她幸福生活的他。

或許，當父親終於安定了下來，也曾有過把信寄出或是到台灣去的念頭吧？栗原南心想，但是，那個時候，友子女士多半已經有了家庭，可能眞的忘了父親過著新生活了，父親若是又出現在她面前，對她，恐怕只會帶來困擾吧，他們又該如何面對彼此呢？就這樣，父親決定把思念隱藏起來，獨自承擔，直到把這個祕密帶離人世。

不，她不能讓這些思念就這樣隨著父親而逝。

「佐藤先生，我想寄出這些信。」她說。

友子女士是否也一輩子隱藏著祕密，抱著遺憾？栗原南心想，她的年齡恐怕也不小了，若是不及早寄出的話，那麼，說不定她可能永遠也收不到這些信了。

「南，妳寄出去之前，要不要影印下來？」佐藤先生帶她到郵局後，建議道。

「不，」栗原南堅持道，「這是父親最深沉眞切的思念，思念是不可以複製的。」

她想了想，然後又撰寫了一封信，加入父親的信中。

小島女士：

我是信中老師的女兒，

這盒信是在父親衣櫃裡發現的，

父親已經在今年一月病逝了。

我仔細看過裡面的每一封信，

很難想像其中的美麗與哀愁。
現在我就代替我的父親，
把這些遲了六十年的信寄給您。
很抱歉，讓您久等了。

栗原南

西門

疲憊到極點的時候，有時在車上點個頭就睡著了，遠藤友子已經有好幾次這種經驗了，半夢半醒間，已經忘記自己睡著前是在做什麼，但又很清楚自己是在做夢，夢境中，出現了一個小女孩，甩著紅通通的蕾絲綴邊裙，正往廣場另一端的城堡跑去。

啊！友子想起來了，那是東京迪士尼樂園，而且還是二十年前的樣子。

「友子，要回去了喔！」一個熟悉的聲音從後方傳來，友子忍不住轉頭，啊，那是爸和媽，那麼前頭的就是小時候的自己嘍？

小友子停了下來，但是沒有回頭，她喘著氣，看著遠方的仙杜瑞拉城堡——那是東京迪士尼樂園的主城堡，也是灰姑娘仙杜瑞拉嫁給王子後的居城。

「友子……」年輕時代的媽向小友子呼喚道。

「友子乖，該回去了喔。」年輕時代的爸也說道。再晚的話，舞濱這邊又會大塞車了，第二天爸媽都還要工作，所以最好別待到樂園關門時間才回去……但是才五歲大的小友子並不曉得吧？友子心想。

小友子站在原地不動，然後突然說：「媽媽，我將來可不可以當公主？」

媽馬上堆起笑容說：「當然可以啊，只要媽媽和爸爸先努力當上國王和王后，友子就是公主了唷！」

小友子說：「那你們要快點加油，不要偷懶呀！」

爸和媽繼續走過來說：「我們沒有偷懶啊！」

「胡說！」小友子轉過身來，但是臉卻是現在的友子，這讓友子嚇了一大跳，小友子指著父母親說：「你們都沒有在努力！不然的話，我怎麼會變成灰姑娘了呢！」

車子突然一震，把友子從夢中嚇醒過來。車子停住了，她迷迷糊糊的環視了一下四周，「啊，搞什麼，爲什麼車子停下來了？」她自言自語的用日語說，然後她看向司機。

司機往前比了比，小巴前面有道古城門，城門上寫著兩個漢字——中文字對友子來說，都當作是日文之中的漢字一樣——「西」「門」，古城門是個拱門，司機帶著點台灣國語說：

「哇！這不能過喔！」

「啊？」友子直覺的反應是開門下車。要是過不去的話，倒車、繞路，那又要多浪費好多時間，這樣子拍攝工作可就又要延遲了，她看了看，情急的說：「可以啦，剛剛好，」一面揮舞著手臂，「可以啦，可以過啦！」

「不行啦，太低了啦！」

「可以啦……眞的可以……試試看嘛，眞的可以啦！」友子急著向司機說，彷彿恨不得把小巴整台塞進去比比看大小似的。

「什麼試試看，會卡住就會卡住了，還試試看，妳要不要上來？」司機給了她一個白眼。

友子只好心不甘情不願的上車。

灰姑娘！

她根本不喜歡現在這個差事，是被硬指派來的，已經夠不情願了，既然是工作，她也還是全力以赴要把它做到最好，但是，卻沒有半個人肯跟她配合，那些模特兒們都把她當僕人似的，而攝影師總是最大牌，那就算了，現在連司機都對她這樣！

她想起夢裡的友子說的話，的確，她現在跟灰姑娘沒什麼兩樣……噢不，差得可多了，灰姑娘只要伺候後母和兩個姐姐，她現在，數一數，一、二、三、四、五、六，她有六個壞心的姐姐！

小巴倒車，繞路。她越想越生氣，這一切都是那個「壞心的後母」——也就是總經理——害的。

她又想起了她的夢，她苦笑了。小時候的她熱愛迪士尼的一切，總是想要當個公主，但是隨著年齡漸長，她也了解世界上沒有公主童話，就像英國的黛安娜王妃，她結婚時可說是公主童話實現了，但結果呢？再看看日本的雅子妃……

那麼，退而求其次，就當個舞台上光鮮亮麗，眾人的焦點如何？於是，少女時代的她就暗自立志要當個模特兒。

父親被公司派到台灣分公司時，把友子也一起帶到台灣，友子總是想盡辦法打聽日本模特兒界的消息，但每次有了點眉目，總是因爲人在台灣的關係失去機會，到了最後一年，她突然想通了，爲什麼不乾脆在台灣發展呢？於是，當父親調回日本，她反而決定留在台灣，並且開始認眞的學習中文。

同學們都很驚訝，因爲友子這幾年來，學會的中文只有「請」、「謝謝」和「幹」，他們問她爲什麼不跟著父親回日本，反而學起中文來了？

友子不答，她心中已經認定台灣是她追求夢想的終南捷徑，而且，她可不是蠻幹，她心知肚明，憑她的長相，在日本算是很普通，很難有出頭的機會，但是在台灣就不同了，畢竟模特兒這行找的是特殊的臉蛋，她留在台灣發展，機會一定比在日本多。

機會很快就來了，她才應徵第二家公司，就被現在的公司錄用，總經理親自面試她，告訴她：妳的型很特別。果然沒錯！成了！

面試通過的那天，是她人生最快樂的一天了，她簡直想跳整晚的舞，唱整晚的歌，她一個人去吃了牛排全餐慶祝——她在日本交過不少男朋友，到了台灣以後也零星有一兩個，但是當她下定決心要留在台灣發展後就沒有了——當她回到台北那間狹窄的不比馬廄大到哪去的小套房時，她覺得自己就要變成公主了。

可是結果卻完全不是那麼回事。

一開始，公司說她是新人，所以讓她做一些打雜的工作，她也甘之如飴，但是時間久了，她卻是「升級」爲「準經紀人」、「準專案經理」和「高級口譯」，每當有與日本相關的案子，公司就會派她全權與對方溝通，平常呢？則是幫其他模特兒打理一切。是啦，偶爾會讓她試鏡個幾次，接一些MV，在背景笑一個，或是廣告通告，在裡頭講一句日文——明明是台灣拍的廣告卻要裝成日本製——就此而已，最了不起的大概是在電影裡演個路人角色吧？

她越來越覺得，當初總經理錄取她，根本是看上她的日文能力，而不是想找她當模特兒。

每次她想不幹了，總經理又會說：「我手下只有妳最可靠……重要的案子沒有妳，我真的不知道該怎麼辦了啦！」之類的，聽著心軟了又答應留下來，再說她也還抱著一絲希望，期望總有一天總經理良心發現，在她幫了她那麼多忙以後，會安排給她更好的機會。

但是希望越來越渺茫，她已經二十六歲了，雖然台灣模特兒圈是有三十歲才紅的前例，但那畢竟是特例，模特兒這行，終究是看年齡吃飯的殘酷行業。而且，進公司以後，老是在做公關的工作，越做是越熟稔，但是對模特兒越來越生疏。

每當她深夜回房獨處，或是像現在這樣坐在車上時，總覺得有個大鐘在她頭上「滴答滴答」的響著，彷彿午夜十二點已經要到了，王子的舞會即將要結束，但是她還被壞心的後母關在柴房裡，而神仙教母……根本不存在。

＊＊＊

「啊！擱駛轉來了。」飲料攤老闆看著那台載滿外國人的小巴說，「都給你講未過的嘛，你看，外地人就是按呢……」

「嗯嗯，是啊。」一個高瘦男子站在他那台上頭有「馬拉桑」氣球的廂型車旁應和道。

說來也有趣，恆春古城當初是因爲發生牡丹社事件，要抵擋外國人而建立的，這是他小學到恆春遠足時就知道的事，前頭的恆春西門，現在又把一車外國人擋在門外，這大概是「盡忠職守」吧？

他笑了笑，接著想起自己也該隨時「盡忠職守」，連忙回車上，拿出一瓶紅提袋裝著的「馬拉桑」，「啊，來，這罐送你，你試飲看覓……這是我的名片，阮公司的新產品啦，若是飲了有合意，來捧場咧……」

「喔……好，好。」

「馬拉桑」業務代表笑咪咪的回到車上。

他自願接下重任之後，在公司處理一些行政業務，以及其他準備，花了大概一週的時間，然後，他從高雄的總公司出發，往家鄉的方向駛去。

在高雄哪兒都看得到的八五大樓，離他漸行漸遠，而在車城的故鄉保力，則離他越來越近。以前，聽著林強的歌，說是離開家鄉要到高樓大廈林立的台北去打拚，他現在卻是離開高樓大廈，回家鄉去打拚……

也不盡然，他駛過了車城，沒有回到保力，過家門而不入。

整個屏東，觀光客聚集處還是在恆春，他記得，叔叔曾告訴他，要先深耕一個地方，不要東去一處，西去一處，那只是在浪費時間，因此，他決定先從恆春出發。再說，夏都也在恆春。

他也記得，公司曾請兩位資深業務員來上課，在學員們都下課以後，他私下向兩位前輩討教，其中一位說：「你只有幾秒鐘的時間抓住客戶的注意力，所以一見面就要讓人有深刻的印象。」他上課時提到美國最成功的汽車業務員，他會在人群裡撒名片，因為這樣能馬上引起人們的好奇心，去撿起名片來看，這樣人們就對他有印象了。「你要像便利商店一樣，二十四小時不打烊，客戶一有需要，就先想到你，」另一位說，「但是這樣還不夠，要像蛇一樣刁鑽，一有機會，就推銷自己的產品，沒有機會，就自己創造機會。」而兩個人共同的建議則是：「你要把你自己跟你賣的產品合爲一體。」

所以，這就是成功的辦法，身爲菜鳥的他，就算沒有他們的經驗，也可以抄襲他們的做法，他心想。

好！……跟產品合爲一體是吧？一見面就要讓人有深刻的印象是吧？從現在開始，我就叫「馬拉桑」，只要一看到新客戶，我就大聲報上名字，這樣一來，就可以讓人有深刻的印象。

馬拉桑馬上拉下車門，對剛剛的飲料攤老闆大叫一聲：「馬拉桑！」

「創啥？」老闆嚇了一大跳。

「喔！無啦，只是給你講阮的酒叫『馬拉桑』……」馬拉桑比了比手勢表示抱歉，然後車頂綁著酒瓶氣球的廂型車就往前駛去。

海角

「明珠。」經理叫住林明珠。

「啊，有什麼事嗎？」

「總經理最近搞了個『整體行銷』，請台北的模特兒公司接洽國外模特兒和攝影師來宣傳，爲那個中孝介海灘演唱會暖身，模特兒公司那邊派來的人叫遠藤友子，是個日本人，不過會說中文，」經理道，「我讓她住在妳負責的那層，蜜月套房，妳多注意點。」

「我一向都很注意啊。」明珠做了個撲克臉，聳聳肩應答，然後就轉身離開。

經理苦笑了笑，明珠一向是這樣態度倨傲，但是她工作挺拚命——她來這裡只有兩年，但那個硬脾氣讓她不自覺的以大姐頭自居，看不過眼的事會馬上糾正他人，既然這樣，她自己也只好發條上緊點，免得被反嗆，可說是有點自找的——因此經理特別准許她，可以在不妨礙工作的狀況下，讓小孩來飯店找她，就近照顧，畢竟她一個單親媽媽，有很多辛苦之處。

有些日本人很吹毛求疵，讓她住明珠負責的房間比較放心，經理是這樣想的。

但是林明珠卻心不在焉了起來，日本人……為什麼那麼剛好是日本人呢？為什麼住蜜月套房呢？

……又為什麼那麼剛好叫做友子呢？

奶奶的日文名字就叫友子。這一切，好像都是要提醒她似的，林明珠只覺得心中那個埋藏已久的深邃裂口張了開來，越裂越大，她再也無法阻止自己聯想到那些最不願意想起的事，那些十年前的事……那個日本人，那一個月的激情，奶奶的苦口婆心，還有自己對奶奶所做的不可原諒的……

她說，恆春四季如夏，日本冬天會下雪，她只懂得跟觀光客做生意需要的日文，他也只粗通中文，兩人的差異這樣大、距離這麼遠，要如何在一起？他說，他就是喜歡上她倔強罵人的樣子，不在乎如何在一起。

他是個很叛逆、不顧世俗眼光的人，和一般日本人完全相反，那股奔放、自我中心的魅力，讓她不自覺被吸引，愛得暈頭轉向，等回過神來時，兩人已經發生了好幾次關係，他來台灣的旅行只有一個月，當他要搭機返國時，她依依不捨的到桃園國際機場送行，她哭得像個傻子一樣，他說：他會一直想念恆春的驕陽、熱浪，還有她，一有機會一定會來找她。

林明珠當時還幫他求了媽祖護身符，要他戴著，深怕他出了意外……現在想起來，還不如乾脆讓他飛機失事栽到海裡去比較好。

一想起往事，林明珠心思紛亂，混混沌沌的，也忘了是怎麼整理好房間的，察覺的時候，發現自己已經不自覺的在遠藤友子房間浴廁裡抽起菸來。

突然，房門外傳來女子腳步聲和講話聲，帶著日本腔調的中文，正帶著怒氣對電話大聲說道：「……妳什麼都說沒關係，然後又什麼都要我負責，妳這樣到底要我怎麼做？」

她嚇了一跳，連忙熄菸，揮動手臂想把菸味驅散。

房門砰的一聲打開，然後是有人把東西重重摔到床上的聲音，那一定是遠藤友子已經回房了。林明珠連忙走出浴廁，裝出若無其事的表情離開房間。

但是她的樣子反而讓遠藤友子起了疑心，她一個箭步拉開浴室門查看，裡頭的菸味飄散出來。

「喂！」遠藤友子大聲叫住已經走到門口的林明珠，用那日本腔調的中文質問道：「妳在我的廁所抽菸？」

林明珠轉過身，默不作聲。

友子更生氣了，她提高音調：「妳不怕我跟你們經理講嗎？」

林明珠自知理虧，但也不好說什麼，更不想向咄咄逼人的遠藤友子低頭，她聳了聳肩，然後轉身離開。

＊＊＊

第三天

該怎麼克制自己不去想妳……

妳是南方豔陽下成長的學生

我是從飄雪的北方渡洋過海的老師

我們是這麼的不同
爲何卻會如此的相愛
我懷念豔陽，我懷念熱風……
我猶有記憶
妳被紅蟻惹毛的樣子
我知道我不該嘲笑妳
但妳踩著紅蟻的樣子眞美
像踩著一種奇幻的舞步……
憤怒、強烈又帶著輕佻的嬉笑……
友子，我就是那時愛上妳的……
……
多希望這時有暴風
把我淹沒在這台灣與日本間的海域
這樣我就不必爲了我的懦弱負責

雖然信件已經不在栗原南手上，但是內容仍清晰的留在腦海中，想起自己的父親與人相愛的過程，感覺實在相當微妙，父親愛上了自己的學生，導致從來不敢承認兩人相愛，就算在今日，師生戀也是會引人側目，何況是當年保守的氣氛下呢？這段感情，只能等待，讓時間改變兩人的身分，可是，當友子女士從學校畢業，父親卻因爲日本戰敗而必須離開豔陽高照的南方回到飄雪的故鄉，與她分隔大海的兩端。

父親一直懷念著台灣的情人，最好的證據就是栗原南自己的名字，把女兒的名字取爲南，不就是他一直懷念著南方的豔陽與熱風……還有留在南方的情人嗎？

從在名古屋寄出信盒，已經過了一週了，栗原南沒有寄信到台灣過，不過一週的時間，如果這些信已經太遲了，或是滄海桑田，地址已經湮沒改變，那麼信也差不多該退回來了吧？既然沒有收到退信，那麼，信應該已經寄到友子女士的手上了吧？

她由衷的希望這一次父親的信能傳達到對方手上，不再淹沒於台灣與日本的時空距離之中。

這些信的旅程看來已經結束了，但是，栗原南的追尋卻還沒有結束，回宮崎市後，佐藤先生打電話過來，說他想起九州大學有一位歷史教授，曾經訪問過許多戰後自台灣引揚回國的老人，也包括父親和他，說是在做戰後這段歷史的研究，佐藤先生認爲，說不定教授那邊有更多父親當年的資料。她已經和山本教授聯絡上，也取得老公的諒解，這回，她要繞九州一趟。

栗原南並不知道，她父親的信盒雖然的確已經到了恆春，但……

「海角七番地……海角七號？」茂伯看著那一大包黃紙包覆，外頭還簡單捆著繩子固定的包裹，自言自語的說，「我送批送幾十年，恆春都無這個地址啊？猶是日本時代的舊地名？不過按呢我嘛應該知影才對……」

想了想，茂伯把包裹放到最下頭。送完信後往往已經晚上了，他打算明天一早再返郵局退回。接著茂伯就照剛排好的路線送這一天的信，郵局深綠色機車騎過晴朗藍天下的田野，茂伯心情愉快，一邊哼起了他最喜歡的民謠：日文版的〈野玫瑰〉，「……荒野中的玫瑰……」

冷不防，一輛小巴士從彎路的另一頭駛來，那正是遠藤友子和模特兒們搭乘的小巴，車上模特兒們嘻鬧脫衣換裝，而遠藤友子氣急敗壞的和她們爭執，司機分了心。

「哭夭！」茂伯發現小巴絲毫沒有轉向，直直朝自己衝過來，連忙一扭籠頭閃避，小巴倒是平安無事的過了彎，但茂伯的機車衝出了馬路，飛過馬路與田地將近一個人高的落差，一陣土花飛濺，茂伯不省人事，像斷線人偶般一動也不動，車上的信件散了一地。

＊＊＊

「漆噴噴咧就好啊，擱貼，這呢厚工。」洪國榮碎碎念道，但車旁的阿嘉充耳不聞。洪國榮心知阿嘉不願意把愛車噴上綠漆——噴漆不好復原——所以用綠膠帶代替，也只好不再說什麼。

早上才去郵局鬧說了老半天，有嘴講到無涎，那郵局局長就是堅持沒有缺，不肯讓阿嘉在那邊當個雇員，沒想到晚上就來通知，說要阿嘉明天去上班，還問他有沒有自己的機車。

一打聽之下，原來是茂伯出了車禍，被人發現連人帶車栽在田裡，送醫治療後是沒什麼大礙，但現在腿上了石膏送不得信，郵局機車也摔壞了，所以現在才得把阿嘉的車先弄成綠色，暫時代替。

王愛娥從屋內走出，拿著剛剪縫好的綠套：「來，好了。」她幫阿嘉把綠套套在車身上。

洪國榮看得出來，阿嘉有了工作，讓她放心多了，但是，他轉頭看向阿嘉，很明顯的，他根本不想做這份工作。

父母親總是爲小孩著想，但是又往往從自己的立場出發，疏忽了小孩子自己眞正的需求，洪國榮年輕的時候是個叛逆的孩子，他很淸楚這點。阿嘉玩音樂玩了半輩子，會像這樣行屍走肉，也是因爲失去了音樂，要他當個郵差是不可能讓他快樂的。

還得幫他再想想辦法才行，洪國榮忖道，但是，在恆春這個地方，有什麼搞音樂的機會呢？

他手下阿淸，現在也是鎭民代表之一，就好幾次拜託他安排表演機會給他朋友——那個在機車行工作，叫水蛙的？——阿淸說，水蛙以前在軍中就是藝工隊的鼓手，退伍後，往返台北、基隆，在餐廳、酒店及夜總會打鼓演奏，但是他和聲色犬馬的場合實在格格不入，後來警方掃蕩特種場所，表演機會也跟著減少，他就索性回恆春，接下他那老榮民父親在省道上的那家輪胎店，後來，他父親過世了以後，不知怎的，輪胎店也收起來，跑去別人的機車行上班。

阿清講了好幾次，說水蛙眞的很有一套，讓他就這樣埋沒太可憐了，麻煩幫他找個表演機會，阿清這樣跟他一再請託，洪國榮也覺得不好意思，但是實在是有心無力。

現在輪到他自己要傷腦筋，但是他還是一點腹案都沒有。

第二天，洪國榮帶著滿腹心思，走進鎭長辦公室，鎭長當初是在他的支持下選上的，某種程度上可說是他的白手套，雙方早有默契，這一屆要讓洪國榮這個地下鎭長「眞除」——選上眞正的鎭長——鎭長的任期將屆，今天他就是來提醒這件事。

「放心啦！」鎭長說，「我早就放風聲出去嘍，講你會接我的位。」

「什麼我給你接，」洪國榮高聲道，「要政治我是比你較久呢，我給你接？本來這鎭長的位是讓你先坐的……」乍聽之下粗魯無禮的措辭，算是一種「外交辭令」，高調的接受，又強調自己的實權與面子，就如同他雖然不是鎭長，卻正坐在鎭長的位子上，反而是鎭長坐在客席，也是一樣的道理。

剛好祕書拿著一份公文走了進來，說：「鎮長歹勢，這份人趕欲頓印仔。」鎮長便道：「妳先給囥在桌仔頂就好。」

祕書把公文拿到鎮長桌前，洪國榮伸手要去接，宣示他地下鎮長的主權，沒想到祕書是鎮長的人，她依鎮長的話把公文就放在桌上，讓洪國榮頓覺面子掛不住，只好尷尬的說：「囥咧就好，囥咧就好。」幫自己打圓場，然後又大剌剌的把祕書放到桌上的公文直接拆開來看，意有所指的抱怨道：「頓印仔頓印仔，哪有許呢多印仔欲頓。」

「你若欲學做鎮長，就要先學會曉頓印仔。」鎮長也不是省油的燈，乘機輕輕的酸了他一下。

或許是心中擺著阿嘉的事，洪國榮今天處處落居下風，正想說些什麼，但一看到公文的內容……

「日本歌手……海灘演唱會……？」

噢，是那個夏都啊？洪國榮皺起了眉頭。

政治這條路走了半輩子，一開始也是混口飯吃，但是恆春就這麼點大，選舉可不是上電視西裝筆挺裝斯文或罵罵人就能騙到票，要確實去關心每個選民的需求，久而久之，他發現自己知道的越多，就越關心恆春鎮的困境，越想解決在地的困難，他也不再求政治上進，與其去削尖了頭想辦法競逐縣議員或中央民意代表，好好做個鎮代表，能爲鎮上做的事更多，何況他也不缺錢，子女都事業有成，也不需他費心。

但是，在地的困難實在讓人灰心，恆春的年輕人都外流了，大都剩下五、六十歲的老人，觀光客是帶來了一些收益，但是來來就走，只是在消費恆春，反而是引來一堆外地人占據恆春的好山好水牟利，恆春人自己什麼好處都沒有，只能當財團的員工，還有承受膚淺觀光客帶來的環境衝擊，那政府還雪上加霜的搞了一堆BOT政策，土地也BOT，山也BOT……連海也要BOT！那夏都不就占據了恆春美麗的海景，外地觀光客花錢消費，在地人卻自己無緣欣賞。

這陣子，夏都還請了一票子外國模特兒，用外國攝影師在各處拍宣傳照，昨天早上洪國榮去郵局的路上就剛好碰到，那幾個外國人把路都堵起來了，那個助理小姐把在地人都擋開，還用不知道哪國的中文，很理所當然、不客氣的對他說：「走那邊！」要他繞路……

拜託一下！讓你們外國人借用恆春在地的美景拍照賺錢已經很好了，還占地爲王，不讓恆春人過去？有沒有搞錯啊！

洪國榮決定給她一點教訓，直接推開她，從模特兒和外國攝影師之間走了過去，若有所思的看著那個金髮的老外攝影師……算了，他們大概也不會懂吧。

原來，夏都是要辦日本歌手海灘演唱會，那些模特兒想來也是宣傳活動的一環。他又往下看，夏都還要請一個台北的團來幫日本歌手暖場，外國人、外國人，外地人！

……等等！

洪國榮心思轉得飛快，不是正在煩惱沒有搖滾樂團演出的機會，這不就是了嗎？……只要把那個外地人的團換掉。

一個搖滾樂團：主唱、吉他手、貝斯手、鍵盤手、鼓手。

阿嘉是一流的主唱……好吧，他在台北失敗，二流的主唱好了，不過只是用來暖場的話綽綽有餘，何況他還能作詞作曲。

主唱人選有了，那麼鼓手就是最麻煩的部分，搖滾樂團的鼓組可不是隨便誰都可以上去打，也不像吉他、鋼琴那麼普遍，好在阿清老早就跟他提過那個水蛙，這樣鼓手也沒問題了。

鍵盤手，功力好不好是差很多，不過彈差了些也沒有鼓打壞了那麼明顯，再說暖場團反正堪用即可，洪國榮記得教會禮拜時，那個彈鋼琴的小妹妹老愛耍花招，雖然在禮拜時這樣彈實在不妥，不過請她來當樂團鍵盤手應該挺適合。

那就差吉他手和貝斯手……吉他比較普遍，整個恆春總不會連一個會彈吉他的都沒有吧，貝斯嘛，會吉他的就會貝斯……這樣子要湊一個團是勉強了點，但也並不是完全不可能。組一個在地的團……

洪國榮突然發現這個想法更有吸引力了，幫助阿嘉、完成阿清的請託，還算是私事，但幫恆春爭取到一個在地的暖場團，意義就不同了，他要證明恆春也是有人才，主意打定。

「鎮長啊！」洪國榮意味深長的開口，「這份你若是頓落去鼽，阮歸個代表會是不放你煞喔！」

鎮長本來正一派輕鬆的閒聊，聽到洪國榮突然語氣嚴肅，不明所以的轉過頭來。

雖然今天鎮長老跟他在言語上一來一往的，不過牽涉到鎮上的大事，兩人總是站在同一陣線，這點他很有信心。洪國榮準備說服鎮長後，明天就帶阿清與另一個手下到夏都去「興師問罪」，他有十成的把握將暖場團爭取到手——否則他有的是手段讓夏都的活動辦不下去，這點夏都總經理也心知肚明。

他心中微笑了笑，不過他沒有把笑容展現在臉上。想起阿嘉，他心中的笑容又消失了，不知阿嘉第一天送信順不順利呢？

南之二

從一早開始就沒一件事順利的。

阿嘉那輛心愛的鈴木老打檔車，或許是先前從台北飆回恆春太過吃力，才剛出門就熄火了，現在車子引擎都用綠膠帶貼著，也沒辦法怎麼處理，試了好一陣子總算正常上路，這樣一個耽擱，前往郵局拿完信再到茂伯家時已經遲了一個小時，茂伯的孫子鴨尾，竟沒大沒小的刮了他一頓，阿嘉忍不住反唇相譏，不過他接著還是把氣忍了下來，扶茂伯出房門，與他一起安排路線。

阿嘉把今天的信連同昨天茂伯沒能送完的信一起帶來，茂伯一看到其中一個繩索綁著的黃色包裹，就說：「這欲退回的啦，明仔早起轉去交予櫃台。」

他好奇的拿起來看了看，上頭的地址、收信人和寄件地址寫著：

台灣恆春郡海角七番地

小島友子様

日本宮崎縣宮崎市

江平町一町目三番地八

從日本寄來的信?阿嘉愣了愣,茂伯連珠砲似的講解路線,把他從發愣中喚醒,接著又催促他快點上路,說要不然可要送到半夜。

八成是洪國榮那個流氓頭子對茂伯施了什麼壓,所以他們祖孫倆才會這種態度吧?阿嘉實在很氣洪國榮多管閒事,但想到洪國榮之所以會爲他關說,一定也是媽的意思,這下生氣也不是,只能狂催油門,發洩心中的鬱悶。

沒想到才到了恆北路和省北路口,竟然有個條子找麻煩……沒看到是郵差送信嗎?阿嘉忍不住嗆了他幾句,那警察竟發瘋似的撲打過來,鬧了老半天,好不容易總算脫身,騎沒多遠,機車又熄了火,這次怎麼試都發不動了。

好在路上就有家機車行，卻鐵捲門緊閉，店員在門口用鼓棒敲敲打打，說「家私」都在店裡面，無法幫他修理，一問老闆幾時來開門，竟然老闆就睡在店裡面，阿嘉氣得破口大罵，真是豈有這種做生意的道理？但是那個叫水蛙的店員卻來個相應不理，繼續敲打起鐵門來了。他只記得那傢伙好像問了一聲：「你才轉來的？」外地回來的就好欺負嗎？

店老闆倒是自己醒來了，阿嘉才能急急忙忙趕上送信的進度，折騰了這一上午，把他本來想認真送信的心情磨去了一大半，炎熱的夏日驕陽把他連車帶人曬得滾燙，一天半分量的信減少到郵局綠色背包就能裝得下的分量，僅存的責任感隨著如雨下的汗水快速流失……

夠了！他對自己說，本來今天的信量有三分一是茂伯送剩的，他已經把信送到剩得比茂伯昨天留下來沒送的還少啦！也就是說，他自己今天的份有送完，反正自己車騎得比茂伯快多了，剩下的明天再送完就行了。

想到這，他籠頭一轉，繞往回家的方向。

停好車，他一邊解開綠色制服的扣子，一邊走上閣樓狹窄的樓梯，把整個背包往床上一丟。

那包待退的黃色包裹在他這一拋之下，從甩開了的背包口滑了出來，落在床上。

阿嘉赤著上半身趴到床上，那黃色包裹就落在枕頭邊，他的右手忍不住把捆繩當成了吉他弦，來來回回的撥弄了起來，當他意識到自己在做什麼的時候，止住了動作，輕輕敲了那包裹幾下。

然後，他把那包待退包裹拿起來端詳，不禁好奇了起來，裡頭會是什麼呢？阿嘉頭腦昏沉沉的，一時也沒有想太多，就把包裹拆了開，裡頭是一只精美的信盒。

這更引起他的好奇心了，打開信盒，裡面有著一張年輕女子的黑白照片，夾在一疊信中，阿嘉把信抽了幾封來看，從信紙的樣子看來，這些信應該有相當年代了，信裡頭都是密密痲痲的日文，雖然看漢字部分可以猜一點意思，但是對阿嘉來說仍是像天書一般，於是，他把信放回信盒，連同包裝一起丟到房間角落。

思緒又回到無止境的煩悶。

從台北回來，才不過一週多，卻讓他覺得彷彿已經過了好久好久，雖然身在故鄉，這陣子賦閒在家，理當相當輕鬆、無憂無慮，但是他的心情卻從來沒有這麼沉重過。

在台北，砸毀吉他的當下，他已經決定一輩子不要再碰音樂，但是沒有音樂的日子，卻是食不知味、睡不安席，越想忘記過去的種種，過去卻越是歷歷在目，而每當它們從腦海中浮現，他就想到海邊去大吼大叫，讓海風帶走他心中的悲切。

之所以接受洪國榮安排的工作，也有部分原因是希望能藉著工作塡滿自己，用忙碌痲痺自己，好把過去忘懷，但是結果只有更糟，工作一點都沒能改善他的心情，尖酸刻薄的茂伯祖孫、那個瘋子警察、白目的機車行店員，還有熱死人不償命的恆春太陽……可恨、可恨、可恨，彷彿全世界都在跟他作對似的！

他穿上T恤，下樓跨上車，往海邊去，只有大海，能帶給他片刻的安寧。

＊＊＊

友子

才幾天的航行

海風所帶來的哭聲已讓我蒼老許多……

我不願離開甲板，也不願睡覺……

我心裡已經做好盤算

一旦讓我著陸，我將一輩子不願再看見大海

……

海風啊，爲何總是帶來哭聲呢？

愛人哭、嫁人哭、生孩子哭

想著妳未來可能的幸福我總是會哭……

只是我的淚水總是在湧出前就被海風吹乾

湧不出淚水的哭泣，讓我更蒼老了……

可惡的風、可惡的月光、可惡的海……

栗原南正站在九州大分縣別府港海邊，當初，父親就是在此上岸的，她想起了父親曾寫的這封信，提到若是登岸，就一輩子再也不願意看到大海了，可是事與願違，日後的父親，卻終老於濱海的常滑港，是無奈，還是其實他始終忘懷不了大海呢？

山本教授相當親切，他告訴栗原南，父親受訪時對教授說：雖然是他相當不願提起的往事，但是爲了對歷史負起責任，他願意貢獻自己的過往。因此，這些他連多年老友、親生女兒都不願透露的往事，都留存在山本教授的記錄之中。山本教授認爲，既然父親已經去世，那身爲女兒的她，有權知道這些過去。

栗原南相當感謝他，教授的記錄十分詳盡，有許多父親因年代久遠，記憶有誤之處，教授也已經參照其他史料修正了。

栗原家族的故鄉在博多，位於九州北部，現在屬於福岡市，想想這因緣眞奇妙，她在常滑出生，前往東京，最後到了九州的宮崎，沒想到自己家族的淵源就在九州，或許是血脈的呼喚，讓她回到九州的？

博多面向西北方的日本海，每年冬天，會飄起紛紛細雪；九州的東南這一面，大分縣、宮崎縣、鹿兒島縣，即使冬季也罕見下雪，父親在別府登岸時，十二月隆冬的冷酷之海，沒有細雪的調和，必定更顯得凄涼吧？

栗原南在港口繞了幾圈，拍了幾張照，然後就搭上列車啓程，別府和宮崎一樣，是個連新幹線都沒有的「鄉下地方」，雖然有出名的別府溫泉，但是她趕著車程，無福享受……當年的父親也一樣無福消受啊。

不同的是，栗原南現在舒適的搭著列車穿越九州，父親卻是一無所有。祖父家族帶著年幼的父親移居台灣時，把在博多的家產變賣一空，父親是不能指望回到故鄉了，他只知道在長崎和門司港還有遠親，他在別府時，很快打聽到長崎遭到原子彈轟炸，已經化爲人間煉獄，唯一的指望就是門司港了，僅有的一千日圓根本買不起多少食物，他靠著摘野菜、捉老鼠，想辦法乞討、在漁船上打工，最後靠著搭便船，從別府來到了門司港。

栗原南打算在列車上睡上一覺，她倚著椅背，腦海中想像著當年的父親。

父親在門司港沒有找到遠親，大戰使得很多日本家庭支離破碎，無數的年輕人被徵召上戰場後，毫無意義的死在遙遠異國，留在國內的則忍受著嚴酷的物資配給，還一面接受政府的愛國教育，恐嚇他們美軍是如何的殘暴可怕，當裕仁天皇「玉音放送」宣布日本投降後，許多人或因爲悲痛國家戰敗，更多人是害怕根本不存在的「殘暴美軍」會凌虐他們，因而攜家帶眷自殺，父親要投靠的遠親似乎就是其中之一。

要到門司港，還得從日豐本線換到鹿兒島本線。

今日的門司港，有著關門大橋以及底下的關門海底隧道，連接著九州與本州，行人可以從海底隧道步行走到對岸，但是在當年，只能搭船往返九州門司港與對岸的下關港之間，依親不成的父親，是否曾在這裡望海興嘆，再度感慨海風總是帶來哭聲？或是憎恨起大海？她不得而知。

她只知道，父親在九州已是一無所有，比起日本，日後再也不曾回去的台灣，恐怕更像是他的故鄉。

十二月的海總是帶著憤怒
我承受著恥辱和悔恨的臭味
陪同不安靜地晃蕩
不明白我到底是歸鄉……還是離鄉！

＊ ＊ ＊

遠藤友子心情難得平靜了下來，或許因爲大海的關係吧？看著蔚藍的浪濤一波波，好像煩惱也跟著被帶走，雖然她還是活像個會走路的置物架，手上拿滿「壞心的姐姐」——

其他模特兒們——的衣物，但是在海邊，這件事似乎也沒有那麼討厭了。

這幾天來，她實質上背著「準經紀人」、「準專案經理」的責任，案子成敗都要她負責，但是模特兒們卻把她當小妹，根本不聽她的指示，譬如說，她要求她們拍攝閒暇不可以下水——恆春熱帶的陽光相當猛烈，加上水面反射，皮膚很快就會曬黑，搽再多防曬油也沒有用，要防止曬黑，只有盡量躲在室內或把自己裹起來——結果她們竟然頂嘴道：「只不過是玩水嘛，整天大呼小叫的幹什麼？」「別像個老媽子一樣！」

更別說她們慣性的把她當成移動置物架，她氣得大吼：「我也是個模特兒，你們怎麼可以這樣對我！」但是只是對牛彈琴，她嘴裡雖然總是強調自己是模特兒，但是漸漸的那已經淪為只是口頭上的爭強，她很明白沒有人把她當模特兒看，只把她當個小公關而已。

而這些鄉下地方的人更是不可理喻，譬如說，有個老頭竟然不顧她們正在拍照，就從攝影機前面走了過去，搞什麼啊！甚至飯店的女清潔服務生竟然在她的浴室裡抽菸，在日本怎麼可能發生這種事！

「壞心的後母」——總經理——更是發揮了她的本色，數落友子怎麼讓模特兒們曬黑了，當友子跟她抱怨是模特兒不聽指揮，她卻改口說讓她們去玩玩「也沒關係」，友子氣得大聲頂嘴。什麼都說沒關係，到時又都要她負責，是要她怎樣？

不過這些煩惱好像突然間都消失無蹤了，她看到有個人正在跟小狗鬧著玩，拿著拖鞋讓牠咬，和牠拔河，攝影師正要模特兒們在海灘邊擺姿勢，他也注意到那條狗，靈機一動，喊了一聲，要小狗也入鏡，狗兒很聽話的跑向模特兒群，她們很開心的和牠玩了起來，友子看著也不禁微笑，就這樣帶著笑容走在沙灘上，或許是看到海，讓她想起日本與台灣都是島國，有種回到日本的錯覺吧？

所以這鄉下地方也不是沒有優點，至少海景優美如畫，這工作也即將結束，拍攝進度相當順利，今天就能完成，她很快就能擺脫那群「壞心的姐姐」，回到台北去，一想到這裡，她的心情就更飛揚了。

是模特兒還是公關，就留到台北再煩惱吧。

夏都

「馬拉桑！」

馬拉桑一進夏都大門，鼓起嗓子這樣一喊，整個大廳的人側目看了過來，服務台一位先生對著他，往櫃台的方向比了比，示意他去找櫃台小姐，於是他兩手提著裝著「馬拉桑」酒的紙袋，走到櫃台前。

「小姐小姐，妳好妳好，我跟你們黃主任有約，可不可以幫我聯絡一下？」

「好，你稍等……」櫃台小姐禮貌的說，接著拿起內線電話，「喂，請接黃主任……」

要隨時找機會！馬拉桑不放過等待的時間，直接對櫃台小姐李美玲推銷了起來，「小姐，這是一個全新的品牌，把原住民的小米酒重新包裝，我們準備打入國際市場，千年傳統，全新感受，這酒叫『馬拉桑』，我先倒一杯給妳喝喝看。」說著就取出一瓶「馬拉桑」，動手打開那黃色的外包裝。

「唔，不要不要……」美玲臉上露出苦笑，連忙揮手表示拒絕，「喂，主任，這邊有一位……？」

馬拉桑比了比衣服上的字樣，「馬拉桑……馬・拉・桑。」

「……馬拉桑先生說跟妳有約。」

「B1辦公室，」美玲表情雖然還很僵，但保持著禮貌，「你從這邊搭電梯下去就可以了。」

馬拉桑一邊連聲說好，一邊把瓶子收起，但是卻故意留下了一袋在桌上……沒有機會的時候，就要自己創造機會嘛。

他提著滿手「馬拉桑」，依櫃台小姐的指示走到電梯前，有個小女孩也在等電梯，一面戴著耳機在哼歌。突然大廳一陣嘈雜，有個凶神惡煞般的聲音在大廳大聲質問：「恁總經理咧？」

馬拉桑聽到櫃台小姐慌慌張張的上前攔他，一邊問：「代表，代表，是什麼代誌……」眼看怎麼攔都攔不住，櫃台小姐又急忙折返，叫人打電話通知總經理。

是什麼代表啊，有這麼大的官威？馬拉桑剛在狐疑，那個代表也走到了電梯前，他黝黑的闊臉上戴著墨鏡，一團黑壓壓，著實讓人害怕，後頭還帶著兩個看起來也是殺氣騰騰的手下，馬拉桑向他們鞠躬致意。

那代表轉過頭來問：「你欲去幾樓？」

馬拉桑又是輕輕鞠躬道：「地下室。」

黑臉代表對馬拉桑的卑屈態度絲毫不領情，不屑的說道：「少年人未曉行樓梯喔？你無腳喔？」然後就走進剛開啓的電梯門。馬拉桑笑臉迎人卻被當頭斥罵一頓，臉上笑容瞬間消失，但是他很快壓下挫折與憤怒，照代表的意思留在原地，然後在代表一行人進電梯後又鞠躬致意。

沒想到，剛才的小妹妹竟然大剌剌的走進電梯，還對剛刮了馬拉桑一頓的代表大聲說：「五樓！」原本凶狠的代表被她這樣一叫，竟然還眞的幫她按電梯樓層按鈕。

這什麼跟什麼……不行不行，要正面思考，馬拉桑心想，代表說得沒錯，我年輕力壯，加上只是要往下一層樓，走樓梯就好了，那個小妹妹年紀小，所以先讓她搭電梯上五樓也是對的……這樣想心裡就會釋懷了，是吧！

叔叔有說過，當業務員會碰到無數的挫折，不能讓挫折影響自己的心情，那會影響到對下一個客人的服務，所以要隨時正面思考。馬拉桑一面搭上另一台電梯下樓，一面又拉起了笑容。

由於業務主管已經事先關照過，跟黃主任談得很順利——與其說是談，不如說只是聊聊天——她承諾會交代下去，明天起，准許馬拉桑在櫃台邊設點宣傳「馬拉桑」。

但是馬拉桑不以此為滿足——要把握每個機會，好不容易混進來辦公室，怎麼能放過呢？——打蛇隨棍上，他馬上拿出一瓶酒，要讓黃主任試喝看看。

「喔，好啊。」她說。

太好了，這種甜甜的口感很適合女生，只要她試喝過，一定會愛上它，馬拉桑很有信心，他先在牆邊的桌上慎重的打開酒瓶，取出試喝用的小玻璃杯，倒了滿滿的一杯，一邊小心的端了過去，一邊拉長聲音唱歌般的說：「馬～拉～桑～」

「來，試看看。」他把杯子端向黃主任。

黃主任接過來喝了第一口，馬拉桑就忙不迭的解說了起來：「怎麼樣？有沒有感覺酒香在嘴裡面……芬芳的感覺？」他一面說，那黃主任已經一口氣把整杯都吞下肚，他連忙讚道：「哇喔！好酒量好酒量，噢！女中豪傑！」

馬拉桑看她這麼捧場，「我再倒一杯給妳……」不巧電話鈴聲卻響了起來。

黃主任伸出手揮了揮示意他先等等，接起電話，「喂？……誒？……」不曉得電話裡是提了什麼嚴重的事，她臉色一變，「爲什麼？……嗯好好，我馬上去……」說完不理會馬拉桑剛斟滿的第二杯，就急忙跑出辦公室。

馬拉桑連忙叫道：「誒誒誒誒誒誒！」回來喝啊！「喂！……」噢，眞是浪費，他只好自己把那杯喝了，然後提了幾袋酒就趕在她身後。

黃主任也不等電梯，就直接從樓梯跑上大廳，馬拉桑緊跟在後，他看到櫃台小姐接了電話以後，就急驚風似的衝出去，大門外，停在他「馬拉桑」車旁的那輛小巴正在開動——啊，那就是之前被擋在西門外的那輛嘛，剛來的時候沒注意到——櫃台小姐硬是擋在小巴前面，把它攔了下來……唉呀！他暗叫了一聲，危險啊！

然後黃主任連同一位看起來有點福泰的飯店經理也跟著跑了出去，他一時不曉得到底發生了什麼事，只好在大廳的沙發上先坐著觀望。

遠藤友子本來以爲自己要回台北了，莫名其妙被攔下，還因此在車上摔了一大跤——

到底在搞什麼啊！——她氣沖沖的拿出手機打回台北，夏都那邊的經理、活動主任跟櫃台小姐跟在後頭陪笑，友子完全不理會他們，自顧自的往前走，才聽台北方面解釋了幾句，她大聲抗議：

「我也是模特兒，爲什麼妳都不找我走秀，老是要我做保母做翻譯呢？」

「好好我知道，」總經理又端出了她千篇一律的台詞，「只是現在時尚的潮流就是不適合，其實妳的型很OK，妳還年輕好不好？」

「我老了，」友子大聲吼道，「我已經被妳氣老了，我學校畢業後還願意留在台灣，就是因爲妳跟我說我很有特色，現在妳反而說我不流行，只能當個翻譯！」

「大小姐妳就幫幫忙好不好，」總經理又發揮了她的「拗」功，她振振有詞的說道，「這個Case很突然，但機會卻是很難得的啊，日本的唱片公司他們不相信他們可以在恆春那個地方，找到適合的樂手，所以我拜託妳，妳就先在那邊監督一下、挺一下、看一下嘛！」

「不管怎樣，妳不可以問都沒問，就把我留下來，不可以這樣子的。」計畫老是這樣一變再變，原本她已經滿心想到回台北的事的，現在又突然這樣，友子有著日本人一板一眼的性子，像這樣老是突發狀況——美其名是有彈性——她實在是受不了了，但是禁不住總經理好說歹說，她還是只能留下來，一想到每次都要像這樣被勉強做自己不願意、預料外的事情，她就更是有氣沒處發。

馬拉桑正提著酒坐在大廳，黃主任眼尖看到，連忙過去直接跟他拿了一瓶酒，打算當禮物送給友子讓她消點氣，而美玲則到櫃台幫友子要回房卡，一團混亂中，友子還是自顧自的和總經理爭執，總經理說：「妳也知道日本人做事就是最龜毛也最難搞的啊！」

聽到這句，友子的憤怒終於爆發，她講起了日文，破口大罵：「妳要說日本人壞話的時候，別忘了我也是個日本人好嗎？」說完就把電話掛了，她不想再跟「壞心的後母」說話了。

然後她轉身，向夏都的人抱怨道：「說好的樂團幹嘛變來變去。」黃主任遞上一袋酒，她順手拿了，進電梯，回自己的房間去。

＊＊＊

談判過程比洪國榮事前所想的還久了一點，那夏都的總經理一直左躲右閃的，直到洪國榮說出「縛鎮長，縛縣長，也不予你的活動在海坪辦」時，他就識相了，不過，他加了但書，說是聯絡過後，日本方面有疑慮，要請模特兒公司的遠藤友子幫他們當監督，確定一切不會出錯，他們才肯答應。

這也沒什麼，重要的是要把這個恆春在地團給組起來，主唱、鼓手都有內定人選，鍵盤手也有腹案，不過還是得辦個公開徵選活動，讓阿嘉好好表現表現……另一方面，也順便看看能否找到更好的鍵盤手，以及還懸缺的吉他手與貝斯手。

鎮長也支持他的想法，公文很快象徵性的跑了跑，不久就會在鎮公所活動中心舉辦徵選活動，這個恆春在地的樂團，即將要誕生了。

活動中心

從車禍之後過了這幾天，茂伯的腳似乎好點了，之前總要阿嘉扶他出門，今天阿嘉來時，他已經自己走出來，坐在門外長凳上，端著他那把月琴調著音。

茂伯照慣例數落他遲到，然後說：「今仔日路線你自己排，我才來看會使否。」當阿嘉開始排列信件時，茂伯調好音，一邊彈起月琴，一邊哼起了日文的〈野玫瑰〉，阿嘉聽著——雖然日文他聽不懂，但是〈野玫瑰〉的旋律可是小學就學過的，熟悉得很——也不禁跟著哼唱了起來。那茂伯也有趣，見他跟著哼，彈得更賣力了，一老一少就這樣一邊哼唱、一邊排信，一邊相視而笑。

啊，好難得，熟悉的開心感覺。阿嘉一路上都一直哼著〈野玫瑰〉，送著送著，繞到了他平時看海解悶的海邊，難得心情好，夕陽如此燦爛，到海邊坐坐吧。

但不知怎的，心情反而抹上一絲沉重……算了，今天就到此為止，先回去吧，他把送剩的信又塞進郵局綠色背包。

做壞事就是這麼回事，一開始，阿嘉還有點罪惡感，但是第一天起了個頭，第二天就想：「反正送不完的信沒增加多少，明天再努力點送完就好。」於是又累積了下來，到第三天，又想著：「送到五點鐘就盡到上班的義務了，不會每天信都這麼多的。」又拖了下去，多過幾天，連罪惡感都麻木了，忘了送信是郵差的天職，背包塞滿了以後，索性找了一只大紙箱，把信倒進裡頭去，之後，看不見信，也就忘記了它們的存在。

阿嘉一回家，就慣性的把綠背包內的信全倒進大紙箱裡，正準備往床上去，卻看到床前有個吉他套。

上頭有洪國榮的字跡，說晚上鎮公所活動中心會舉辦徵選大會，要他帶著這把電吉他準時參賽。

阿嘉愣住了。

他一時情緒混亂，他已經摔掉舊的吉他，又硬生生出現新的一把在他面前，這已經夠刺眼了，更糟的是那還是洪國榮送的，本來他應該馬上把它從二樓摔出去，但是他卻沒有這麼做，他也不明白為什麼。

身體裡，湧起一股強烈的悸動，那並不是憤怒，但阿嘉只能把它解釋成憤怒，他拒絕承認自己潛意識裡，渴望音樂的甘霖，尤其是甘霖竟是來自敵人的施捨，於是他給了自己一個藉口。

對，我懂了，在這邊把吉他摔了沒有意義，要摔，就要摔在洪國榮面前，他心想，背起電吉他，騎上機車，等會兒見到洪國榮，就把吉他還給他，要是他不收回去，就當著全鎮把它摔了，阿嘉打定了主意。

＊＊＊

遠藤友子昨晚氣得把那一整瓶「馬拉桑」都喝光，結果是早上因宿醉而頭痛欲裂，好在鎮公所舉辦的徵選會是在晚上，白天沒什麼事要做，她關在房間裡，一個人發愣，到了傍晚，酒總算醒點了，她看著海景，心想，或許，夢也該醒了吧？

其實總經理搞不好從一開始就沒有錯，錯的是友子自己，如果換作自己是她，也會做一樣的事吧？

友子其實一直很明白，自己的條件，頂多是勉強當個小牌模特兒，離一流模特兒遠得很——如果沒有這個認知，當初就不會想到要從台灣發展這個「曲線戰略」了——然而模特兒這行是艱險的，頂級模特兒，有時也只有一兩年的好光景，小牌模特兒，就只有自求多福了，總經理這麼做，說不定其實反而是對她好。

但是，她也不是完全不行啊！雖然沒有頂級的美貌，又或許長相在日本人之中嫌普通，但是她仍是有幾分姿色的啊，在台灣人中，日本長相也是特別的啊。如果她眞的完全不行的話，也就會死心了，偏偏又似乎有一點希望，但爲什麼就差那麼一點點呢？或許她不應該怪父母沒有努力當上國王與皇后，該怪的是他們應該把她生成像壞心的巫婆，這樣她打從一開始就不會抱著期望，也就不會受苦、受傷害了，

但是這個期望也到了該破碎的時候，她的成功之門隨著年齡日漸增長而緩緩關閉，從畢業到現在，她離模特兒已經是越來越遠了，是該看清這一切的時候了，總經理的態度很明顯，就是要她當個公關，說她適合模特兒都只是在敷衍、討好她罷了，是白色的謊言，她自己該清楚的。

總經理說得沒錯，這的確是難得的機會。若是要當個公關，那麼自然是回日本當，收

入與前途都更光明，這個意外的工作讓她能直接接觸日本歌手以及唱片公司，只要積極點表現，不無可能被挖角回日本……瞧，現在自己已經完全是個公關的想法了呢。

但是模特兒的夢呢，就這樣無聲的化作泡沫了嗎？友子突然想對著大海大喊，但是卻發不出聲音來，就好像人魚公主得到了能走上陸地的兩條腿，代價卻是永遠的沉默。

無論如何，就好好把這次的任務辦妥吧！

傍晚，夏都經理親自接她到活動中心，友子帶著複雜的心情出發。

她才剛決定要好好幹，然而，當她看到活動中心裡外的人們，她的心簡直涼了半截，瞧，那一群拿直笛的小學生，是怎麼回事？整個活動中心熱鬧得好像平日的墾丁大街，他們眞的知道這是要開徵選大會，還是來鎮民同歡晚會的啊！

等到表演開始，友子剩下的半截心也涼透了，果然一開始就有人表演直笛——有聽過搖滾樂團有直笛手的嗎？——接著是一些她見都沒見過的樂器，大概是台灣的傳統樂器吧，然後有響板、鈴鼓，一個老頭和一個壯漢表演口琴和沙鈴……天啊！

那些鄉下人喧嘩個不停，別說他們，旁邊的鎮代表主席，就拚命和鎮長聊個沒完，友子無奈的回頭張望一下，她終於受不了了，轉頭對鎮長不客氣的說：「請你的鎮民們安靜點好嗎？……不要吵！」

沒想到鎮代表會主席不曉得她有一半是在諷刺他，聽了她的要求以後，站起來凶惡的大喊：「恬恬啦！」

友子不懂台語，不過他吼完以後，全場是都靜了下來，只剩下三個小孩子還在吵鬧，鎮代表會主席又破口大罵，要趕走那三個小孩，結果一旁有位老人家說了幾句，想來是在諷刺鎮代表會主席，恰好台上的口琴二人組表演結束，於是全體鎮民鼓起掌來，就好像是在為那個老人家的「義舉」鼓掌似的，友子頓覺好笑，稍稍沖散了一點怒意。

大會廣播呼叫下一個參加徵選的人，但友子已經等不下去了，這整個徵選會實在荒謬，再待在這裡根本是浪費時間。

＊＊＊

阿嘉到活動中心時，徵選會已經開始了一段時間，他背著吉他進活動中心時，有個人正背著三個小孩要出去，仔細一瞧，那不就是那個白目的機車店員水蛙嗎？當他走過門口的一個小女孩時，那個女孩在他背後用力的捏了水蛙身上其中一個小孩的屁股，那小孩「啊！」大叫了一聲，阿嘉不禁側目，小女孩發現惡作劇被人瞧見，竟然還是一副不在乎的樣子。

算了，不管閒事了，找洪國榮算帳才是今晚的任務。阿嘉沿著走道往前走，大會廣播響起：「十號，換你表演了，十號……」

有個打扮與周遭鎮民明顯不同的年輕女子從第一排站起身，帶著滿臉不悅往後走來，和阿嘉擦肩而過，當她走到門口，方才的水蛙剛好跑了回來——原來他就是十號——和她撞個正著，女生氣得用日文大罵了一聲，阿嘉不自覺的回過頭，卻只看到水蛙揮舞著兩根鼓棒，一邊喊著自己是十號，一邊往舞台上去。

洪國榮看到阿嘉出現，還以爲他是想來上台表演呢，先是微笑了一下，又是故作凶惡的罵道：「我猶叫是你不來了咧……」

阿嘉遞出吉他：「提去！」

洪國榮臉色一變，阿嘉看他沒有要接過去的意思，又說：「無我給摔壞喔！」

「你摔看覓，」洪國榮這下惱羞成怒，威脅道，「好膽你摔看覓！」

阿嘉怒意寫在臉上，好，你要我彈是吧，我就彈，一把吉他都沒有彈奏過就摔了是可惜了點，彈完就可以摔掉它了，他抓起吉他走上台。

水蛙已經在鼓組後坐下，台下的阿清開心的炫耀道：「看！阮恆春的鼓開工了啦！」

阿嘉拉開吉他套取出吉他，把套子隨手一甩，就落在鎮長前頭，他上台，背起吉他，插上線，理所當然似的對水蛙說：「跟著！」

然後吉他聲響，一下子就引起全場的注意，阿嘉激昂彈著簡單的旋律，快速跳動的音符同時宣泄出不滿、憤怒與悲傷，強烈的情緒感染了所有人，一時活動中心裡的人都不禁站了起來，嘈雜的活動中心一時鴉雀無聲，接著旋律更急、更快，身後的水蛙呆住了，根本不曉得要如何跟上，阿嘉彈奏到拉出一個高音，忽然把線一拔，刺耳噪音讓全場正專心聆聽的鎮民們都摀住耳朵。

阿嘉把電吉他從身上取下，然後就用力往上一拋。這下，你滿意了吧，洪國榮？他同時自台上一躍跳下。

不料，卻有人接住了那把吉他。

阿嘉定睛一看，接住吉他的，竟然就是那天跟他打架的那個瘋警察，他記得那天有個老警察來勸架時，叫他勞馬。

「喂！送信的，」警察勞馬叫住他，不以為然的對他說，「彈吉他是一件很快樂的事。」

阿嘉不理會他，大步走過洪國榮，連瞧都不瞧他一眼，原本他打算就這樣走出活動中心，但那個瘋警察勞馬卻端著吉他上台，重新插上線，信手一彈，低緩、輕鬆的旋律響起，然後接著是輕快帶點俏皮，一時間全場的鎮民又被吸引住了，包括阿嘉自己。

阿嘉愣住了，他沒想到在鎮上竟然還有吉他高手，更意外的是，那個瘋警察拿起吉他，好像變了個人似的，不再是野蠻無禮充滿暴戾之氣，而是自然流露出了笑容，方才阿嘉明明叫他「跟著」卻連半聲也不響的鼓手水蛙，竟也在旋律感染下，很自然的打起鼓來，勞馬回頭對鼓手笑了笑。

台下又另一位警察搖著沙鈴走上前，他正是那天阿嘉與勞馬打架時前來勸架的老警察，他應著吉他聲，用母語高聲唱道：「呦～邁囉索～」台上的勞馬也默契十足的應和了起來，水蛙明明是和他們第一次合作，卻在他們歌聲與吉他樂音帶動下，自然的打出與樂聲水乳交融的韻律。

阿嘉先是微微張口，接著表情一沉，身爲音樂人，他一聽就發現，方才他那一陣暴雨般的彈奏雖然吸引了全場注意力，但壓得人喘不過氣來，勞馬他們的即興演出，卻是自然的感染了每個人，原來那瘋警察說得沒錯，「彈吉他是一件很快樂的事」，想到這裡，他突然意識到自己「輸了」——雖然沒人會拿他與勞馬相比較，但是他自己心知肚明——一扭頭，他離開了會場。

＊　＊　＊

友子踏出活動中心。就一走了之吧！何必跟這些人窮攪和，就跟日本方面說團不可能組起來，一切就結了，一想到這點，頓覺海闊天空，才正這樣打算，活動中心內突然傳出激昂的吉他聲。

短短的幾個旋律，就訴盡了挫折與困境、絕望與憤怒，友子不禁停下了腳步，彈奏吉他的，就是剛剛在活動中心和她擦肩而過的那個人嗎？友子方才氣呼呼的走出來，沒有多注意對方的樣子。那樂音彷彿在訴說著友子的心境與心聲，她深深起了共鳴，下意識的往回走，吉他聲卻戛然停止了。

然後是另一曲舒緩樂音響起，搭配豪邁的歌聲，友子看到有個年輕人從活動中心走出來，騎上貼滿綠色膠帶的機車，他就是方才彈出那高亢旋律的人嗎？友子不禁對他多瞧了兩眼，對方似乎也看到自己了，但是他臉上充滿了不平與怒意，絲毫不在意友子的目光，瞥過來一眼後，就掉頭騎車離去。

友子對他感到些微好奇，但活動中心內的樂聲更吸引她的注意力，吉他慵懶的伴奏著、鼓聲襯托著，兩位歌手高亢宏亮的嗓音，唱著不知名語言，那既不是中文，也並非台語，或許是所謂的高砂族的語言吧？那歌聲與伴奏聽起來真是渾然天成，悠哉的氣氛感染了聽眾，包括友子，彷彿可以忘卻所有煩憂，友子也不自覺的叉起手來，在門口站著靜靜聆聽。

原來，這個地方眞的有這麼美妙的音樂。

或許是受到音樂感染，友子的心情也微妙的轉變了，一平靜下來，友子開始反省，在日本的時候，父親曾說過，東京人從小只看過城市裡的人造世界，有的人還以爲西瓜長在樹上，而豬肉本來就是一片片會走路的肉片呢，但是城市人卻因爲無知反而傲慢，因不知天高地厚而自以爲高人一等，以城市的褊狹眼光看鄉下而嘲笑鄉下，自以爲高貴，實則盲目。友子心想，自己是否犯了這樣的錯誤呢？

來到恆春以後，她老是覺得自己一個日本人，平時在台北工作，卻被「下放」到這個「鄉下地方」，所以看什麼都不順眼，現在她對恆春的看法有些改變了，對工作的想法也跟著改變。就留下來吧，如果恆春眞的有這樣的好音樂，爲什麼不幫幫它，讓它有發聲的機會呢？這樣想起來，自己的工作倒是相當具有意義了。

友子突然又有幹勁了起來，好，她就來好好貢獻一己之力，務必把這件事辦妥。

她突然又想起了那個短暫彈奏後，帶著一臉忿然騎車離去的年輕人，他也會是樂團的一員嗎？

＊＊＊

狂飆，狂飆，狂飆。

阿嘉猛催油門，機車在暗夜空無一人的恆春小路上疾馳，但是卻甩不掉一切。

重新接觸到久違的吉他，以及聽到勞馬他們的合奏，喚醒了身體對音樂的飢渴，但也同時喚起了他想塵封忘懷的往事，而且無比鮮明，在台北的一切全都歷歷在目。

阿嘉並不在意「輸給」勞馬，這讓他反省，他曾經痛罵台北，但是曾幾何時自己也沾上了台北的傲慢，以爲只有自己行，瞧不起故鄉的人，勞馬讓他清醒了過來，但，也讓他想起一山還有一山高，想起他在台北的完全失敗，而且爲什麼，爲什麼他彈吉他時那麼的快樂呢？

矛盾、困惑、憤怒，他心煩意亂，太慢了，他的愛車太慢了，無法衝破這個世界的羅網，阿嘉急煞車，隨手一停，他一面大叫，一面往海邊奔跑，踢掉兩只鞋子，然後轉身往後一躍。

身邊湧現無數紛亂的氣泡，然後漂上海面消失，阿嘉漂浮著，沉浸在星空下的黝黑大海之中。

樂團

洪國榮並沒有因阿嘉不遜的態度發脾氣，年少輕狂，誰不是那樣呢？再說，不管怎樣他也是「阿珠口」的兒子，聽她說，昨晚他渾身溼透，滴著海水，一言不發的回家，之後就蒙頭大睡。再怎麼說，讓阿嘉上台也是洪國榮自己的主意，爲了安慰她，他晚上到王愛娥家陪她，一早天還沒亮，他準備出門，卻發現阿嘉早已起床，正在擦車。

他瞥見一旁停著刷有「中華郵政」字樣的機車，噢，郵局的機車已經修好了，所以阿嘉也可以把他車上的綠膠帶拆下來了，他正在擦去膠帶殘留在車上的黏膠。

從王愛娥家走出來遇上阿嘉，莫名的有些尷尬，雖然明明平時全鎮都曉得兩人形同夫妻，但是阿嘉在時兩人反而得遮遮掩掩，說來也好笑，別人都是小孩談戀愛要躲著父母，怎麼他們倒是父母談戀愛要躲著小孩呢？荒謬歸荒謬，但只要阿嘉一天不認同他們，顧慮著王愛娥的感受，就只得躲躲藏藏。

他放下公事包，抹了抹臉，也坐了下來，抽了一張面紙，沾上清潔劑，和阿嘉一起擦車。王愛娥也正好端著一籃洗好的衣服走出來，洪國榮轉頭看到她，再回頭透過打檔車的縫隙看著阿嘉，兩人相視無言。

洪國榮嘆了口氣，爲了「阿珠口」，也爲了自己，有些話還是該說，他一邊擦去機車上的汙漬，一邊緩緩說：「阮某和恁老父攏眞早就死了。」

阿嘉一面擦，彷彿沒聽到他在說話似的，洪國榮繼續擦著，一邊繼續道：「我幾個囝仔，攏出外在咧做工課，抑你幾個兄弟咧，嘛攏出門在外，只有我佮恁老母一個人，眞孤單呢！厝買許呢大間，眠床擱許呢大頂……」

阿嘉突然打斷他：「拜託一下好否，講到厝就已經在火大了，擱講到眠床。」

看來阿嘉果然對昨晚他睡在他家耿耿於懷，洪國榮繼續擦著，然後委婉的說：「人教會牧師嘛講過，一個人不好，他的上帝不才擱創造查某人，人本來就應該要互相鬥陣作夥嘛！」

洪國榮起身：「我話講到這，希望你會當來體諒。」

他拿起公事包，王愛娥正站在曬衣架旁，方才的對話她都聽見了，洪國榮走過去，拍拍她的肩安慰她。

而阿嘉也停下擦車，站了起來若有所思的輕輕靠著機車站著。

縱然小孩不體諒父母的苦心，父母總還是會幫他們著想，徵選會已經辦完了，該是把樂團組起來的時候了。

洪國榮坐上黑色賓士車，往夏都駛去。

對洪國榮來說，夏都開的這個組團會議，也不過是個形式罷了，眞正的人選早就決定好了，他沒必要親自攪和，阿清會幫他搞定一切，因此他悠閒的在會議室外坐著涼椅，看向波濤不興的海景。

阿清也有自己要內定的人，他一開始就先主張：除了水蛙以外，其他人都不會打鼓，所以鼓手只能是水蛙。

不論是洪國榮的人還是夏都的人，都曉得這套「外交辭令」——其他人會不會打鼓只是藉口，重點是水蛙早被內定了——所以沒有什麼意見。

但是友子卻是狀況外，昨晚她決定認眞起來，現在一心只想著團員要選擇最理想的人選……他們說的那個人，不就是昨天撞上她的那個冒失鬼嗎？友子馬上提出反對意見：「不可以因爲只有一個人會打鼓就叫他打。」

「他打得不好是不是！」阿清敲桌質問道，妳是有什麼人選？

友子很認眞的提出「專業建議」，說表現最重要的是舞台魅力，可是水蛙實在其貌不揚，「……他長得跟昆蟲一樣。」

阿清搞清楚友子只是嫌棄他的長相，不是有什麼特殊要求，便不理會她，武斷決定鼓手就是水蛙。接著，又討論到吉他手，原本吉他手沒有內定人選，但是昨天勞馬的表現，讓他們決定吉他手就是勞馬了，這選擇也考慮到貝斯手的問題，貝斯手比較尷尬的竟然沒有人選，不過只差個貝斯手，要那個勞馬教教他父親歐拉朗，應該也是勉強能湊合著用。

阿清要引出勞馬父子，便提道：「昨天那原住民吹口琴不錯呢！」

友子不知內情，一聽，直覺的說：「搖滾樂團吹口琴誰聽得見啊！」

「誰說的，」阿清眉頭一皺，這咧查某是按怎？「人家昨天又打鼓，又彈吉他，又吹口琴，很好聽呢！每個人都嘛『哇！』，拍拍手。」

洪國榮的另一個手下與阿清一搭一唱：「不然就叫他來彈貝斯吧！」

友子只覺得越來越離譜，質問道：「吹口琴的怎麼會彈貝斯！」

阿清這下眞的火了，這日本查某，搞不清楚狀況就算了，不曉得自己在場只是個點綴品，竟然當自己作主起來了，眞是有夠白目，阿清忍不住數落了她一頓：「……口琴和貝斯還不是共款是DoReMi，妳以爲我不懂音樂喔！」妳惦惦就對了啦！然後一拍桌：「妳是來亂的是否？」

友子被他無厘頭的臭罵一頓，心中氣得半死。她昨天還爲這地方也有好音樂而很感動，沒想到這些人眞的是不可理喻，什麼口琴和貝斯一樣，這樣還說自己懂音樂，簡直是胡扯！友子決定賭氣不管了，看你們怎麼亂搞。

友子完全不曉得阿清的用意，但是總算是安靜了下來，正中阿清下懷，於是他說：「就按呢決定了啦！」

接著才提到重頭戲：主唱，阿清說：「主唱，就叫代表會主席……您兜彼個啦！」因爲洪國榮和王愛娥並未結婚，所以他委婉的這樣提到阿嘉。

這下輪到夏都總經理狀況外，「彼個……彼個是誰啊？昨日敢有來？」

阿清解釋道：「……昨天彈吉他彈到變面彼個啦。」

「彼個會曉唱歌？」總經理問。

阿清大聲強調道：「人伊進前在台北嘛主唱呢，會寫、會彈、擱會唱，這款人才是欲叨位找啊？」

友子聽不懂台語，只道是他們又在胡亂決定下一個人選，她實在看不下去了，忍不住「嘖嘖」了兩聲。阿清一聽到，又吼道：「妳是來亂的是否？」

「我有說話嗎？」友子頂嘴道。

「男人在討論，妳女生嘖嘖什麼……」阿清破口大罵，友子一聽之下，憤而起身走了出去，又是正中阿清下懷，他說：「免管伊啦，來，繼續……」只剩下一個鍵盤手要決定了，還是早點處理好，時間不多，臨時組成的團需要相當多時間培養默契，越早搞定越好。

洪國榮靜靜的看海，沒有在聽裡頭討論些什麼，反正到頭來結果總是一樣的，他看到友子走了出來，還以為討論已經結束了，看著海景，他有感而發道：「妳看阮這號海這呢美，是按怎一些少年人就是留未住……」

他看友子沒反應，叫道：「投摸口（友子），妳看阮的海……」

友子才被阿清的「無理取鬧」攪得七竅生煙，只想一個人靜一靜，這個歐吉桑又不曉得一直對她說些什麼，她轉身打斷洪國榮：「我聽不懂台語。」

「喔。」

看起來，這個友子對樂團組成的過程很不高興，洪國榮心想，日本人總是比較龜毛，不過，等團組起來，有了實際的表現，那就會讓她刮目相看了，他對阿嘉有信心。

裡頭的討論看樣子結束了，洪國榮走了進去，和夏都的總經理寒暄一番，然後一行人很快兵分三路：夏都方面空出了一間地下室，搬進所有器材，充當樂團的練習室；阿清則去找來水蛙、勞馬父子、鍵盤手，要他們今晚就集合到飯店開始練習。

而洪國榮自己……那就是最麻煩的部分了：找阿嘉。

徵選會後他把電吉他收了起來，但是爲了避免阿嘉又發脾氣，沒有拿到王愛娥家去，等會兒他再拿到餐廳，交給她帶回去給阿嘉。但，阿嘉會來嗎？這一切安排都是爲了他，若是他不出現，就付諸流水了。

會的，洪國榮相信，昨天，他說要把吉他摔了，但不是也上去彈了一曲嗎？他終究是喜歡音樂的。

＊　＊　＊

「明珠！」

「噢，」明珠心驚，經理爲什麼特別叫住她，莫非那個遠藤友子眞的去告狀了？可是，也過了太多天了吧……「有什麼事嗎？」

「喔，我是要跟妳說一聲，」經理道，「鎭上不是說要組成在地的暖場團嗎？妳女兒被選爲鍵盤手，代表會主席那邊已經派人去學校通知了，我想妳也應該知道一下。」

「啊？」明珠這下可愣住了，「大大沒有報名啊，爲什麼會被選上？」她知道鎭上舉辦徵選大會的時候也鼓勵大大去報名，不料大大卻只哼了一聲，什麼也沒說，她只好作罷，這會兒又是怎麼莫名其妙被選了？

「是代表會主席親自選的。」經理小聲說。夏都總經理也同意這個人選，畢竟是飯店員工的女兒，他認爲狀況比較好掌握。

「噢。」

「記得大大放學後接她過來飯店，七點開始要在地下室練習。」經理說完就揮揮手離開了。

怎麼這麼突然，大大眞的行嗎？明珠突然擔心了起來，她倒不是擔心大大程度不夠，而是害怕她的脾氣，從日本帶大大回台灣以後，母女倆一直四處流浪，她總是忙著找下一個工作，沒有什麼時間管教小孩，自己強硬的個性卻讓大大有樣學樣，往好處想是「很有主見」，往壞處想就是「很自我」。

想起來，這也是自己對大大的虧欠，自己犯下了愚蠢的錯誤，卻要無辜的女兒一起承擔。

當她帶著大大回台灣時，手上剩沒幾個錢了，她不敢回到恆春——她沒有臉見祖母——所以，她先選擇落腳在北部……其實她也沒什麼選擇，急迫的經濟壓力，讓她只能先在桃園找工作。

孤身一人，帶著個嬰兒，實在很難找到工作機會，何況她也沒錢請保母，最後她決定乾脆自己當起保母，只要雇主同意她同時照顧自己的小孩就行了，就這樣撐了一段時間。

然後她往北去，在台北一家珠寶店當門市小姐，一開始很辛苦，等到她成爲能分紅的正式業務員，收入就好了很多，再加上她會日文，更能做上日本觀光客的生意，那幾年她存下一百萬，買了輛車，她考慮是不是該回恆春還奶奶錢了，不過她還不敢回去面對奶奶，也考慮到養育大大及日後上學的開銷，所以又蹉跎了。

好景不長，先是她的倨傲脾氣得罪客戶，導致被公司開除，跳槽到同業後，景氣轉差，雖然國外高級奢侈品牌沒受什麼影響，她能待的本土品牌卻全完了，她住不起台北，於是又往南遷徙，一口氣搬到彰化，賦閒一陣子以後，做起帶小孩的老本行。

可是她的脾氣又壞事了，在台北過慣賺錢容易的日子，讓她對托兒所的工作老是心不在焉，沒多久就得罪家長，被所長轟了出去。

在她最困難的時候，教會收留了她，教會讓她在教會開設的幼稚園工作，也能順便照顧大大，而教會也救贖了她的心靈，她受洗、信仰上帝之後，原本暴躁的脾氣收斂了不少，也不再總是怨天尤人。

而大大與音樂的因緣也是從此時開始的。

明珠沒有時間隨時看著大大，往往只好任她愛去哪就去哪，而大大總愛跑到鋼琴旁，有一天，老師發現了，就問她：「妳想彈彈看嗎？」

明珠正找不到大大，發現她又到鋼琴邊，連忙跟老師說：「老師，對不起啊，大大又亂跑了……大大，走，我們回去。」

「明珠姐妹，」老師微笑著說，「大大沒有亂跑，是我要教她琴呢……來，彈彈看。」

從那天以後，大大就開始學起了鋼琴，老師發覺她十分有天賦，就更用心教導她……或許是遺傳自他吧？明珠心想，當初，他也是彈得一手好琴，唬得她一愣一愣的。

人家都說「學鋼琴的孩子不會變壞」，大大是沒有變壞，但是古靈精怪的脾氣好像也沒有因爲學琴改善，就說上禮拜日吧，原本大大負責在教會彈鋼琴的，卻禮拜還沒結束就來飯店找她了，一問之下，大大說：「是上帝把我趕出來的。」

現在大大終於又有表演機會了，身爲母親，明珠很高興也很驕傲，但是又擔心：她能跟樂團的其他人配合得好嗎？

DETROIT
Tigers

練團室

水蛙騎著火紅的越野機車，來到夏都前，停下車，從置物箱中拿出鼓棒。

眞的要當鼓手了？他有點緊張，又帶著興奮，他的鼓是在軍中練熟的，父親是一等士官督導長退伍，這職位不算大也不算小，當年在軍中著實交上不少朋友，當水蛙入伍時，父親動用了一點人情關係，把他弄到了藝工隊裡頭，不料他這一打就上癮了，決定退伍後以打鼓爲業。

才過一兩年，他就後悔了，能表演的地方不是夜店就是特種場所，烏煙瘴氣的，再說正被掃蕩，狀況不大好，於是他說要回家，幫已經七十幾歲、身上有病的父親顧店，把表演工作都辭了，回到恆春。

原本他說父親生病只是當作離開的藉口，沒想到一語成讖，回恆春才發現父親眞的生了重病，撐了一陣子，還是過世了，把那家開在省道上的輪胎行留給了水蛙，水蛙對經營輪胎行一竅不通，店的收入時而黑字時而紅字，最後索性把店收起來。

不過，他把店收起來，眞正的原因，其實是爲了接近機車行老闆娘，而去當了她家機車行的員工，幸好老爸不在了，不然知道他爲了這個原因把他留下的店收掉，鐵定會浸他豬籠。

阿清跟他說要報名徵選的時候，其實他也只是想在老闆娘面前露一手而已，沒想到竟然獲選了，他起先很高興，想了想壓力就來了，這下子有可能在大舞台上表演，老闆娘也一定會看到，可不能漏氣啊！

他邊想著邊走進夏都大門，冷不防突然有人大喊：

「馬拉桑！」

「嘩，」水蛙嚇了一大跳，沒事幹嘛大喊啊？他皺起眉頭，對那個人抱怨道：「馬上？……馬上什麼啦？」

「不是馬上，是『馬拉桑』！」那個人指了指衣服，上頭寫了「馬拉桑」三個字。

「啊？」

「先生您好，」馬拉桑堆起滿臉笑說道，「這是一個全新的品牌，把原住民的小米酒重新包裝，我們準備打入國際市場，『千年傳統，全新感受』，這酒叫『馬拉桑』，我先倒一杯給你喝喝看……」

「呃……不用不用了，」水蛙連忙拒絕，「我還有事……」那推銷「馬拉桑」的還不放棄，正要說些什麼，旁邊的櫃台小姐打斷他：「你是水蛙先生嘛？請跟我來。」

呼！好險啊，這種死纏爛打的推銷員最麻煩，被纏上可就走不掉了，水蛙回頭瞄了那個傢伙一眼，然後隨櫃台小姐往地下室走去。

「這裡面就是練團室。」櫃台小姐說。

「謝謝。」水蛙推門進入，才一進門，阿清就大聲打招呼：「水蛙！」他連忙上前和他握手，阿清又大聲說道：「有紮感情否？」

「有有有……」水蛙連忙說。雖然他是外省第二代，但是從小在恆春長大，台語也是說得很輪轉，他手舞足蹈了一下表示有把熱情帶來，一轉頭，看到正背著吉他與貝斯的勞馬父子，他大聲招呼：「抑恁攏嘛有喔！」然後自我介紹，「水蛙啦！水蛙！鼓手啦！」接著他又往鍵盤手的方向要自我介紹，正要開口，卻先有個熟悉的聲音說：「水蛙？」

水蛙愣了一下，「誒？」那……那不是小學同學，住附近的林明珠嗎？她離開恆春快十年有了吧？同學們都跟她失去聯絡，怎麼……「誒？妳什麼時候回來的？」

明珠被這樣一問忽然間不曉得該如何回答……回來，是回來台灣，還是回來恆春？嗯，水蛙應該不曉得自己到日本去的事。

那個負心漢回日本之後，明珠起先是成天魂不守舍，過了不久，一個現實的問題讓她整個清醒了過來：她懷孕了。

她沒有他日本的聯絡方式，他說一回日本就會聯絡她，但是她等呀等的，就是毫無音訊，明珠情急生智，拚命回想他在台灣時有沒有在什麼場合留下資料——買東西寄回家，塡寫文件之類的——好不容易翻出了他的地址，這時懷大大也快三個月了，快瞞不住了。

她從小就只和奶奶相依為命，也只能找奶奶商量，原本她以為奶奶會支持她，沒想到奶奶竟反對她去日本找他。

奶奶搬出了一本陳舊的相本，她說，這件事她從未和人提起過，當年，她曾經和相本裡的日本老師祕密相戀。

日本投降後，日本老師被迫遣返日本，他一開始還好心安慰她，說兩人可以一起回日本，不料根本只是空泛的謊言，他甚至連船期都不告訴奶奶，當奶奶聽到消息，趕到碼頭邊，才發現台灣人根本不能上船。

戰後台灣過了一段相當辛苦的日子，或許日本的狀況也很糟，之後日本經濟起飛，但對方仍然音訊全無，奶奶說，或許是對方有意負心，或許是有難言苦衷，或是根本信寄不到，不論如何，這就是跨國戀情要面對的風險，奶奶好言相勸，說明珠和對方只有一個月的感情基礎，再怎麼說也不足以克服台灣與日本之間的差距，再怎樣美好的戀情，在距離的暴力下，也只能留待追憶。

但明珠可聽不下去，她大聲說，那是奶奶被人拋棄了，自己才不會被拋棄，更不會那麼簡單放棄，當她說完之後，發現奶奶臉色一沉，她知道這些話傷了奶奶的心了。

明珠倉皇離開奶奶房間，雖然奶奶並沒有責怪她，但是她不敢再去跟奶奶說話了，更不敢開口向奶奶借去日本的旅費，可是眼看肚子一天天大了起來，她又不想把大大流掉，左思右想，實在是沒有辦法……只有一條路可走了。

奶奶年紀漸大後，行動不大方便，一向把存摺印章交給明珠，由她代爲存提款，郵局的人也都知道，明珠心一橫，乾脆直接把錢「借」走吧！……只是借一下下而已，他經濟相當富裕，對她總是十分大方，她到了日本以後，他一定會還奶奶錢的……

眞是狗屁！

當她最後果然只能狼狽的回台灣時，她也不敢去找奶奶了，明珠有時眞恨自己這種個性，表面上脾氣又硬又嗆、我行我素，內心卻是個十足的膽小鬼，她很想念奶奶，也很歉疚，但是她就是沒有勇氣面對她，別說面對她了，她連回恆春都不敢。

直到在彰化，蒙主賜福，她才有了一點點的勇氣，於是兩年前回到恆春，可是，她還是不敢去找奶奶，即使明知道她還住在老家……

明珠百感交集，不知道如何回答水蛙，只好顧左右而言他，她指著正在鍵盤手位置上的大大說：「我女兒。」

水蛙便拍了拍她的頭，說：「好可愛呦……噢！」才剛說，那大大就給他的兩腿之間來上一記肘擊……

「……你別惹她。」明珠說。大大的個性和明珠簡直是一個模子印出來的，看著她總像是看著小時候的自己一樣，也因此明珠總是很縱容她，另一方面，她也希望大大能更有自信，長大後敢於面對自己犯下的錯誤，不要像沒用的媽媽只會逃避。

水蛙忍著痛，還是向大大自我介紹：「我鼓手，妳媽的老同學。」

說完，水蛙又看到有人推門進來，又急忙趕上前要自我介紹。

進來的人正是遠藤友子。

友子一進門，看到吉他手正在教他父親彈貝斯，彈得五音不全的，她大力反對的那個其貌不揚鼓手正在台上和鍵盤手打招呼，而鍵盤手竟然是個小女孩，天啊！

友子不禁一臉嫌惡的轉過頭去，水蛙沒注意到友子表情不耐，還喊住她，說：「我是鼓手水蛙。」

友子一聽他說話就更火大，她仗著別人聽不懂日文，用日文大罵道：「你這隻昆蟲，還不快點現出原形來！」水蛙果然一頭霧水，不曉得哪邊得罪了友子，只好用他平常看日本片學的一兩句日文胡亂道歉道：「呃……俗哩嘛羨（對不起）……呀咩嗲（不要）……」然後往後退回去。

友子正小小的得意，冷不防身後的門打開，她「呀！」叫了一聲，整個人被撞向一旁，開門的人是那個代表會主席，友子要對他發脾氣，對方卻理都不理會她，只轉頭用台語問道：「阮阿嘉咧？」

算了！這群鄉下人，不可理喻！不知不覺間友子的城市心態又冒了出來，當她一這麼想，就越是火冒三丈，好，我不管了，等你們自己搞砸，我就跟日本方面打報告就好了，這樣我也省事！

而樂團主唱根本不在，每個人只好先調整自己的樂器，友子翹著腳坐在門邊椅子上，冷哼了一聲。

那黑臉鎮代表會主席先是來回走了一陣子，然後坐在她旁邊，那個小女孩鍵盤手身邊有個女的，好像是她媽媽，也走過來坐，友子這才發現她就是那個在她房間抽菸的失職女清潔服務生……這到底是什麼樣的一個組合啊！

洪國榮一發現阿嘉沒到場，心情就沉到了谷底，儘管他在鎮上呼風喚雨，拿這個小子就是沒辦法……原本他想等看看阿嘉何時會來，不料都過了預定練習的時間半小時了，阿嘉還是連影子都沒有。

「勿等了，」他說，「恁自己先練。」

「練啥貨啦？今仔日第一天咧。」勞馬說。

鼓手水蛙也應道，「是啊，攏無譜，大家嘛攏無熟識……」

洪國榮正為了阿嘉的事煩心，被水蛙這樣一頂嘴，更是氣不打一處來，要熟識是吧？

他走向前去。

「你好，我叫做洪國榮，我就是代表會主席。」

「你好，」水蛙不明所以，也只好跟著自我介紹道：「我是鼓手，我叫做水蛙。」

「我知啦，」洪國榮突然大聲吼道：「你是我揀的啦！」然後猛然把水蛙手中的鼓棒奪過來，架在他的脖子上，押著他大吼：

「我是代表會主席，身高一百七十、體重七十五、今年六十歲，我上大的興趣，就是冤家、相打、创人、放火，而我上大的心願咧，就是將整個恆春放火燒掉，然後給所有的少年家，全部叫倒轉來家鄉，重新再起，自己做頭家，勿出外做人的辛勞啦……按呢咱有熟識否？」

「有啦，會疼啦！」

勞馬連忙打圓場：「主席，好啦，勿生氣……勿生氣……好了……」洪國榮這才放開水蛙，忿忿的把鼓棒往地上一摔，一轉身，卻看到阿嘉正在門口。

＊＊＊

送信回家，黑色吉他套又出現在床頭前。

那個洪國榮，眞是鍥而不捨。

阿嘉有點被他這股蠻勁打動了，再怎麼說，他這樣做也是爲了阿嘉著想，而且阿嘉三番兩次忤逆他，他還是不改初衷，但是洪國榮就是不懂自己不想被他施捨的心情……或許懂，阿嘉發現這次紙條上留字的是媽，既然是媽的意思，那阿嘉就不好拒絕了。

媽總是希望阿嘉找個平凡、穩定的工作，然後安安穩穩的過一輩子就好了，雖然她沒有明白反對，但是她心裡從不眞心支持阿嘉的音樂事業。

反倒是洪國榮一直以來都支持他。阿嘉嘆了口氣，現在看來洪國榮也說服媽支持他的音樂之路了，可是，反而是他自己放棄了，他苦笑了一陣，他下了多大的決心才決定再也不碰音樂的，就這樣重拾吉他，那之前的痛苦算什麼？

阿嘉坐在床前，盯著吉他看，苦思良久。

就再給自己一次機會吧！

機車發動，排氣管噴出一大蓬白煙。

再次背著這把電吉他穿過西門，但心情已經完全不同。

背著吉他進夏都，冷不防櫃台旁有人大喊：「馬拉桑！」

「啊？」

「先生您好，」馬拉桑堆起滿臉笑說道，「這是一個全新的品牌，把原住民的小米酒重新包裝……」

他才說到一半，旁邊的櫃台小姐就滿臉怒容：「你夠了沒啊！」然後對阿嘉說，「請跟我來……」

「至少喝一杯看看吧！」馬拉桑央求道，一邊遞上不知何時斟滿了小米酒的玻璃杯。

「喔……好。」阿嘉接過酒杯，跟著櫃台小姐到地下室的練團室，才到門口，就聽到洪國榮在裡頭大吼著，他最大的願望就是把所有的年輕人叫回恆春，自己當家作主，不要出外當別人的夥計。

阿嘉有股難以言喻的感覺，自從他知道母親與洪國榮的事情以後，總是非常排斥他，阿嘉覺得洪國榮就是在大學還有在台北時，媒體上所說的「黑金」、大尾流氓，只會以暴力服人，雖然後來他知道洪國榮對媽很好，但是還是改變不了內心對他的厭惡感，而洪國榮在他面前總是刻意壓抑脾氣的態度，更讓他感到不屑。

但是聽到這段洪國榮從未在自己面前說過的眞心話，他對洪國榮的看法突然改觀了，他反省，自己就是恆春外流的年輕人之一，直到在外地碰到困難才回來恆春，媽也好，其他年輕人的長輩也好，洪國榮所說的，不就是他們的心聲嗎？當然，身爲年輕人，他很明白恆春無法留住自己的原因，洪國榮的那股傻勁終歸徒勞，但是他還是明知不可爲而爲之，這樣的精神，也值得鼓勵了。

洪國榮倒是因爲耍流氓被阿嘉當場撞見而顯得十分困窘，總是傲慢的黑臉難得慌張了起來，這讓阿嘉覺得很有趣。

阿嘉端起了酒杯，向他致意。

＊ ＊ ＊

友子看到野蠻無禮的代表會主席和「昆蟲」水蛙兩個人鬧了起來，正幸災樂禍，練團室的門又打開了……

是他！

在徵選會上，彈出強烈旋律，然後帶著一臉怒容騎車離去的那個人。

友子原本嘲諷的表情收斂了起來，他就是主唱嗎？

從夏都經理那邊，她知道主唱阿嘉原本是台北樂團的主唱，兼作詞、作曲，進入音樂圈已經超過十五年，沒想到看起來比想像中年輕得多。

阿嘉穿著一身綠，那是郵差的制服吧！他不像初見面時一臉憤世嫉俗，而是瀟灑的向剛發完脾氣的代表會主席敬酒致意，而那個總是囂張不可一世的代表會主席竟有三分怕他。

阿嘉帶來了一首曲，那是他以前寫的歌，歌名叫〈無樂不作〉，這個老人小孩組成的拼裝車樂團咿咿呀呀的練習了起來，雖然他們彈奏得荒腔走板，友子還是聽得出來這是一首相當有力道的歌曲。

友子不禁對這個謎樣的主唱好奇了起來，她原本已經打算讓這個拼裝樂團自生自滅，現在她又改變心意了，或許，這個主唱可以期待？

從另一個方面想，這個主唱阿嘉，在台北發展並不如意，能在中孝介的演唱會上露臉，對他來說也是個轉機，如此一來，她也幫助了一個有才華的人。

當日本唱片公司打電話來詢問狀況時，或許是聽到熟悉的日語、熟悉的日本人客氣禮貌的言語，又或許是確定了自己要將這個臨時的工作進行下去，友子的情緒已經完全平復過來，「是，」她以柔和的日文，專業公關的口吻，面帶笑容的說，「大家已經開始練習了，這樣啊，是，這樣我過兩天將狀況向你報告，台北那邊我也會聯絡……是，是，了解了。」

保力

馬拉桑今晚相當有幹勁，他向公司申請多一個「馬拉桑」廣告大氣球已經寄來，整個晚上，除了一有人來就大喊「馬拉桑！」向他們推銷以外，他一邊擺好櫃台旁臨時設立的展示架，一面把那乳白色的氣球披在背上，慢慢把它吹起來。

晚上連續來了幾個特別的人，讓他好奇了起來，先是一個帶著鼓棒的人，然後是上次那個凶神惡煞——馬拉桑經過這幾天打聽，已經知道他就是恆春鎮代表會主席——接著，是一個背著吉他袋的郵差，他不禁想起以前的樂團，埋藏已久的音樂靈魂，又不禁微微悸動。

每來一個人，那位櫃台小姐——美玲——就把他們帶到地下室去，當美玲回到櫃台後，馬拉桑忍不住問她：「樓下在幹嘛？練團喔？」

美玲不答，反而是數落他道：「馬拉桑先生，以後請你可不可以小聲一點啊，嚇死人

啊你，」顯然她對他的推銷方式很有意見，接著，美玲又遞給他方才讓郵差試喝的玻璃杯，

「拿去，」說完，給了馬拉桑一個白眼，「一個酒杯那麼多人喝，有沒有洗啊？」

確實沒有洗……馬拉桑苦笑了笑，連忙拿到洗手間清洗酒杯。

＊＊＊

儘管美玲每天擺臉色給他看，不過黃主任早已答應讓馬拉桑駐點，美玲也不能說什麼，馬拉桑還是每天一有客人進來就大喊：「馬拉桑！」然後用一貫的台詞推銷，這陣子下來，還是沒什麼成果，看樣子，果然只在夏都是不行的，還是要多去幾家飯店吧！

但是目前也就只有夏都這個點，爲了更顯眼，他只要美玲不注意，就把「馬拉桑」氣球偷偷往櫃台踢過去一點。

沒想到美玲根本就看在眼裡，這天，她終於發難了：「你一天一天越擺越過來，今天乾脆直接擺在櫃台旁邊，你過不過分啊你！」

馬拉桑正一臉尷尬不曉得該怎麼回答，一眼瞥見洪國榮進了大門，他已經知道這個代

表會主席實為地下鎮長，而且很可能當上下一任鎮長，只要能搭上他的人脈，一定會有很大的幫助，連忙大喊：

「馬拉桑！」

洪國榮被他這一喊，踉蹌了一下，他皺了皺眉頭，走到櫃台前：「我佮恁總經理有約。」

馬拉桑撇下正怒瞪著他的美玲，趁著代表會主席等待櫃台與總經理聯絡的空檔，黏了過去：「代表，代表……」當代表會主席轉過頭來，他鼓起如簧之舌說道：「我保力彼的客人，名片在這，這是阮公司佮信義鄉農會合作的新產品，小米酒，叫做『馬拉桑』，千年傳統，全新感受，這罐送你，試看覓！」

洪國榮完全不理會他，櫃台告訴他：總經理已經在樓上，洪國榮簡短道了謝，就要上樓。

馬拉桑鍥而不捨的跟在他身後，繼續滔滔不絕的說：「代表代表，今麼歸個恆春地區，只有我一個業務，我是想講齁，會當鬥幫忙否，介紹我去別間飯店，因為這次阮的產品，阮頭家想欲走彼號高級路線啦，拜託，拜託拜託！」

洪國榮本想不理他，讓他知難而退就好，不料他竟一路追到電梯，還敢厚著臉皮直接討別人幫忙——蠢小子，難道不曉得天下沒有白吃的午餐嗎？要別人幫忙，得先拿出交換條件來，更何況，你是什麼角色啊？外地人要來恆春賺恆春的錢，還這麼理所當然？——眞是豈有此理。

「你保力是車城，阮這是恆春呢，我爲什麼要給你鬥幫忙？」洪國榮這一問讓馬拉桑啞口無言，「少年人，做人較巴結咧！」洪國榮猛拍了他胸口一下，「勿一日到晚爲著欲賺吃，扶人的卵巴。」

馬拉桑吃了一鼻子灰，悵然若失的往後退了幾步，方才本來正爲馬拉桑的「厚顏無恥」氣得不想再理他的美玲，看到他得到「現世報」，被罵得尊嚴掃地，說是整天捧人卵巴，也不禁同情了起來。

是哪裡說錯了？爲了顯得親近，馬拉桑特別表示自己也是屏東人，沒想到，「你保力是車城，阮這是恆春呢」，或許不該說自己是保力的客家人，是這樣嗎？

保力是恆春半島上唯一全村都是客家人的聚落，或許就是因爲這樣被視爲外人？

大學時，有堂通識課的作業，要他們下鄉調查，他選擇故鄉保力爲題材，這堂課讓他了解了自己的家鄉，保力人是六堆的客家人在清朝時陸續移居過來的，開拓時期常常與原住民發生激烈衝突，後來才因聯姻而緩和，日本統治期間，殖民政府開闢道路、建立郵政，保力與整個恆春平原的商業往來發達了，使得保力人大量與福佬族群交流，漸漸的，客家話被遺忘了，保力人的母語成了福佬話，馬拉桑父親、叔叔，和他自己，都是講得一口流利台語，卻不會說客家話。保力人可說一直是處於族群的夾縫之間。

即使如此，在福佬族群看來，畢竟客家人仍然不是自己人。

福佬族群縱然不把客家人當自己人，卻也普遍肯定客家人的勤勉忠誠，就如同父親一輩子爲人做事，他的老闆就給他這樣的評價，拉關係、套交情，不是父親的專長，但父親總是默默的把事情做好，不負所託，並且永遠以公司的利益爲優先。

馬拉桑自己也遺傳著保力人的天性，代表會主席澆下這一盆冷水把他澆醒了，他反省，不應該妄想靠別人，想一步登天，也不該有迷思，以爲待在大飯店就能有多少影響力，那也不是他的專長，他的專長是默默的把事情做好，從今天起，他要改變方針，開著「馬拉桑」車，每家小店都不放過的跑。

＊＊＊

「鈴～鈴～鈴～」鬧鐘聲音是設計來叫醒人，所以總是十分刺耳，之前，阿嘉一早聽到鬧鐘鈴響，就更不想爬起來，但不知怎的，今早特別，有片刻間他本來也想賴床，卻突然想要一骨碌翻身起床，結果一躍過了頭，他撞翻了床尾裝信的紙箱，整個人摔到床下去。

要是在之前，發生了這種事，他一定會因此覺得一早就倒楣，之後生一整天悶氣，或許是重拾音樂的關係，今天他一點這樣的感覺都沒有，穿上綠色制服上路，又到了恆北路與省北路口，之前，他在這裡因爲勞馬找他麻煩而大打出手，今天勞馬在指揮交通時韻律的吹哨，彷彿在延續練團似的，而勞馬的父親歐拉朗也在一旁揮著指揮棍打節拍，阿嘉雖然面無表情，心裡卻覺得十分有趣。

不過練團時就又是另一回事了，歐拉朗終究是新手，而那個彈鍵盤的小女孩大大——沒看錯吧？她好像就是那個在徵選會上欺負小孩的那同一個小女孩——雖然技巧不差，節拍卻永遠時快時慢，第一天他就特別叮過她，沒想到她竟然一副理所當然似的張口吐舌，看在她是小孩子的分上，也不便和她發脾氣，但是，這實在是怎樣的一個樂團啊！

在台北的時候，他對音樂的堅持、要求很高，總是拚了全力，要每個團員都達到最好的表現才行，而他們也總不會讓自己失望，但是這個七拼八湊的團恐怕不能要求太多，他只好睜一隻眼閉一隻眼。可是，勞馬他們卻一邊練，一邊又要對自己的歌改來改去增加個人表演，一開始他也就抱著「隨便了，你們高興就好」的態度，到了第三天他終於忍無可忍了。

「喂，」阿嘉大吼打斷水蛙的 SOLO，「能不能從頭到尾走過一遍再發表意見啊，到現在都已經三天了耶，都還沒有從頭到尾走過一遍，」然後他開始點名批判：「彈鍵盤的，忽快忽慢，貝斯手永遠跟不上節拍，鼓手的意見又這麼多，到底要不要練啊！」

「是怎樣，你瞧不起我們就對了啦，」勞馬走了過來，「你彈得最好就對了啦，每次都只能你有意見。」

阿嘉一聽，更是無明火起，兩人對上，解下吉他就要開打，所有人連忙把他們拉開。

友子白天在電話中，還跟日本方面回報：「感覺還不錯，目前每天都緊盯著他們練新歌，」而且向他們保證，「第一首曲目一定會在這週練好，第二首曲目也會想辦法在週末前作出來。」

但是情況根本不是那麼回事，練習時阿嘉也爲了進展跟不上進度發火了，差點打起來，友子一方面覺得果然還是阿嘉比較了解狀況，另一方面又焦急進度問題，不說一說，她心裡頭那塊大石頭就放不下，等練習一結束，她得去找阿嘉好好提醒他一下。

勞馬還威脅他是不是想再挨摔呢！哪壺不開提哪壺，那一天在路口，阿嘉就是被勞馬不由分說猛摔在地上，直到歐拉朗來勸架才把他拉開，一想到就有氣，阿嘉草草結束練習，跨上機車。

那個友子卻突然走了過來，把車鑰匙一扭，轉成熄火狀態，阿嘉訝異了半晌……他的愛車一向是只有他能碰，就算是以前交過的女朋友，也沒有一個敢動他的車子的，更何況是把車熄火這種無禮的行爲。

正這樣想，友子開口了，用一副指導者的口吻說：「有三件事我想講。」

阿嘉冷冷看著她，她沒察覺到他的不耐，又繼續說下去：「第一，我覺得彈鍵盤的太

大塊 LOCUS 文化 讀者服務卡

謝謝您購買本書！

如果您願意收到大塊最新書訊及特惠電子報：

— 請直接上大塊網站 **locus**publishing.com 加入會員，免去郵寄的麻煩！

— 如果您不方便上網，請填寫下表，亦可不定期收到大塊書訊及特價優惠！
　請郵寄或傳眞 +886-2-2545-3927。

— 如果您已是大塊會員，除了變更會員資料外，即不需回函。

— 讀者服務專線：0800-322220；email: locus@locuspublishing.com

姓名：＿＿＿＿＿＿＿＿＿＿＿＿＿＿＿＿　**性別：**□男　□女

出生日期：＿＿＿年＿＿＿月＿＿＿日　**聯絡電話：**＿＿＿＿＿＿＿＿＿＿

E-mail：＿＿＿＿＿＿＿＿＿＿＿＿＿＿＿＿＿＿＿＿＿＿＿＿＿＿＿＿＿＿

您所購買的書名：＿＿＿＿＿＿＿＿＿＿＿＿＿＿＿＿＿＿＿＿＿＿＿＿

從何處得知本書：1.□書店 2.□網路 3.□大塊電子報 4.□報紙 5.□雜誌
6.□電視 7.□他人推薦 8.□廣播 9.□其他

您對本書的評價：

(請填代號 1.非常滿意 2.滿意 3.普通 4.不滿意 5.非常不滿意)

書名＿＿＿＿ 內容＿＿＿＿ 封面設計＿＿＿＿ 版面編排＿＿＿＿ 紙張質感＿＿＿

對我們的建議：＿＿＿＿＿＿＿＿＿＿＿＿＿＿＿＿＿＿＿＿＿＿＿＿＿＿

＿＿＿＿＿＿＿＿＿＿＿＿＿＿＿＿＿＿＿＿＿＿＿＿＿＿＿＿＿＿＿＿＿＿

＿＿＿＿＿＿＿＿＿＿＿＿＿＿＿＿＿＿＿＿＿＿＿＿＿＿＿＿＿＿＿＿＿＿

＿＿＿＿＿＿＿＿＿＿＿＿＿＿＿＿＿＿＿＿＿＿＿＿＿＿＿＿＿＿＿＿＿＿

10550

台北市南京東路四段25號11樓

大塊文化出版股份有限公司　收

廣告回信
台灣北區郵政管理局登記證
北台字第10227號

地址：　市　鄉/鎮　路　段　巷　弄　號　樓

縣　市/區　街

（請寫郵遞區號）

小了，彈貝斯的又太老了，我希望這兩個人一定要再找過；第二，我覺得你們現在眞的是一團亂，一定要增加練習時間……」

阿嘉一扭車鑰匙，準備發動，友子又是硬把車鑰匙扭了回去，「第三，」她強調道，「日本公司那邊希望我們有兩首歌，但是，到現在我只聽到一首而已，而且這首歌，還是你很久以前寫的，不過，重點是另外一首，」友子挑釁似的說，「行不行啊？」

勞馬、水蛙有意見也就算了，他們畢竟也是音樂人，妳既不會彈也不會唱，也來出意見指指點點的？阿嘉一轉車鑰匙，「不行妳能解決嗎？」他不耐煩的說，「我又不是團長。」說完就發動，掉頭離去。

＊＊＊

昨晚阿嘉甩都不甩她，掉頭就走時，友子簡直氣壞了，她也是爲了樂團著想、爲了阿嘉好，竟然熱臉貼人冷屁股，眞是豈有此理，她忍不住用日文暗罵剛離開的阿嘉：「撞死你！」

不過過了一晚，她氣消了，也反省了，昨晚的確不是說話的好時機，阿嘉才跟勞馬起衝突，正心煩意亂，她還去激他，他不高興也是理所當然，何況雖然友子下意識的把阿嘉當團長看待，但是人不是他找的，他也沒有權力管理他們，自己的確是太無理取鬧了一點。

看能幫上什麼忙盡量幫吧，彌補一下昨晚的裂痕。

友子上午到了阿嘉家，門關著，她往裡頭張望著，冷不防有人叫住她，「嘿，查某囡仔，」那是一位中年婦女，「妳欲找啥人？」

雖然聽不懂台語，但也大概曉得對方的意思，她用不流利的中文問：「對不起，請問阿嘉住在這邊嗎？」

「他去送信了啦，妳要找他做什麼？可能下午才會回來喔。」

「噢……」看樣子對方就是阿嘉的母親了吧？友子想了想，自我介紹道：「我是飯店樂團的聯絡人，我有一張CD要給他當作曲的參考，麻煩妳幫我拿給他好嗎？」

「喔……那妳就是那個日本女孩子喔，」阿嘉的母親開了門，「來來來，進來裡面坐！」

「不用不用，」友子連忙說「我寫張字條給他就好了。」

「啊妳眞的不進來坐喔？」阿嘉母親放下手中的東西，又殷勤招呼道。

「不用不用。」友子不好意思的說，一邊在CD上留了一張字條。

阿嘉的母親在一旁看到：「啊妳日本人寫我們中文，寫得這麼漂亮喔！」

友子不好意思的笑了起來，來恆春這一段日子，別人總是對她呼來喚去，或是高聲大吼的，沒有半個人對她好，甚至笑一笑都沒有，只有阿嘉的媽媽熱情的接待她，還發自內心的稱讚她，讓她覺得好溫暖。

如果阿嘉也能這樣就好了。

恆春之二

一早，阿嘉正準備從郵局門口出發，局長悶著一張臉叫住他：「阿嘉，你逐日送批攏送到幾點？」

阿嘉被突然這樣一問，也不知該如何回答，自從他開始把信倒進紙箱以後，每天就越來越早回家，這幾天，爲了作曲，只要一有靈感，就奔回家拿起吉他開始彈奏，被扔進紙箱的信就更多了，「差不多五點吧。」阿嘉心虛的說。

局長做出了一個戲劇化的笑臉，顯然是起疑了，叉起手來：「五點喔？你新來的腳手猶算緊嘛……」然後眉頭一皺：「嘿，你批囥批籠囥深一點啦，勿去給人提去，最近有人反應講批攏收未著。」就不要點破了，免得代表面子掛不住，話講到這裡，自己該曉得分寸了吧！

沒想到阿嘉卻以爲局長還沒發覺，他「噢……」了一聲，往前比了比，表示要送信去了，便匆忙騎走，逃離尷尬場面。

又到了曾經和勞馬大打出手的路口，雖然昨晚才又跟勞馬差點打起來，但是他顯然並沒有記恨，只吹了聲哨要他戴好安全帽，明珠也恰好載著大大，與他一起在路口等著紅綠燈，趴在明珠背上的大大還一邊哼著〈無樂不作〉的曲子。

這小女孩，雖然總是跩得像什麼似的，但是也有可愛的時候嘛！正這麼想，有個中年人騎過來停在他右邊，趁等紅綠燈的空檔，從口袋拿出檳榔要嚼，一咬結果掉了，他下車要撿，一邊扶著機車右把手撐住機車。

阿嘉一瞧，不妙，他車頭正對著勞馬的父親歐拉朗，手還扶在油門所在的右把手上，要是轉動的話，後果不堪設想，阿嘉連忙要去扶住那輛機車，但太遲了，那個中年人轉到油門把手，機車猛衝了出去，當場把老警察撞倒在地，接著機車倒下，後座綁著的貨物往歐拉朗臉上砸了下去。

現場一片混亂，那個車主、勞馬、明珠和阿嘉都連忙趕上前去，歐拉朗滿臉是血，說他的眼睛看不見，阿嘉看一群人慌在那邊不是辦法，把勞馬他們停在一旁的警用機車騎過來，喊道：「上車啦！」

洪國榮一聽到出了意外，連忙趕到診所，他衝進診間，友子、阿嘉、勞馬都已經在裡頭了，阿嘉跟勞馬身上還沾著血，看起來挺嚴重似的，他連忙問道：「按怎啦，」關心是關心，但最重要的還是他能不能彈貝斯，洪國榮又追問道：「手有受傷無啦？」

醫師背對著洪國榮，彷彿在做什麼神聖的手術似的，看得讓人緊張了起來，「手術」結束，歐拉朗一起身，只見臉上被膠布貼了個白色的大叉叉。

友子本來一臉擔憂，一看到歐拉朗成了「白叉戰警」，忍不住笑個不停，連阿嘉和勞馬也笑了起來。

「哭夭，」洪國榮罵道，「按怎貼成按呢啦，都在帶衰啊，鼻仔擱給他貼一個橫叉。」

醫師無奈的說：「啊他就傷在這，貼橫的中眼睛，貼直的中鼻頭，我哪有辦法。」

一旁友子已經笑到不行，洪國榮忍不住罵道：「笑啥貨啦，人都在艱苦了擱在笑！」年輕人眞是一點同情心都沒有。

幸好人是沒什麼大礙，但是歐拉朗除了臉上的傷，手也被壓傷了，這下子貝斯手可得換人了，這臨時要到哪兒去找替代人選？

＊＊＊

茂伯原本對洪國榮三番兩次要逼他退休，空出缺來給他那個拖油瓶感到很反感，不過自從車禍受傷，信都由阿嘉去送，他每天悠閒的彈著月琴，倒是好不愜意，不過，好日子不長，局長來跟他說，阿嘉好像把信給「暗蓋」了，許多人都反應沒收到信，請他幫忙留意一下。

不會吧，那個死小子，都千叮嚀萬交代了，還這樣亂搞？

茂伯走到阿嘉家，坐在門內等著，果然，那小子天都還沒暗就回家了，肯定是有問題。

茂伯聽到樓上傳出了零星的吉他音，對喔，這小子在徵選會上胡亂來，結果還不是被內定為主唱，而他呢，明明是國寶級月琴大師，卻被說「搖滾樂團哪有在彈月琴的」，只能罵罵孫子鴨尾出氣。

茂伯攀上往閣樓的樓梯，不禁抱怨道：「這樓梯這崎欲按怎爬？」

阿嘉正在撥弄吉他弦，看到茂伯上來似乎吃了一驚，茂伯也不客氣的靠了過去，揶揄道：「你按呢彈也不成調，按呢嘛會使喔！」

一轉頭，看到地板角落擺著一個信盒，外頭有被拆開的、似曾相識的黃色包裝紙，茂伯馬上想起，那是他出車禍前一天所看到從日本寄來、地址錯誤的那個大郵包。

「彼不是啦！」阿嘉連忙否認，茂伯又四處張望，很快就發現阿嘉裝信的大紙箱。

洪國榮這時剛好上樓：「阿嘉！阿嘉！」

來得正好，省得我費口舌，你自己瞧瞧吧！茂伯用拐杖一撥，把紙箱裡的信都倒了出來，散落一地。

那個阿嘉還是一臉裝死的樣子，洪國榮果然老江湖了，馬上會意，他拉著茂伯坐在阿嘉床上，先是關說：「拜託一下啦，你勿講啦，啊少年仔不識，你就鬥送一下啦！」

茂伯當場推開他：「我咧吃飽傷閒，我許呢多歲了又跛腳，欲給你鬥送？」

洪國榮倒也知趣，馬上掏出一疊千元大鈔，要塞錢給茂伯。「哪有許呢好發落的，給我當作誰人啊！」茂伯心想。

「勿按呢，勿按呢，」茂伯又把他推開，「勿按呢，我無在欠錢！」

洪國榮還是猛塞錢：「看你合意什麼就去買嘛！」茂伯本來是要給他們倆一個難堪，

不過看他這樣忙不迭的塞錢，心中突然起了另一個主意……那徵選會就你洪國榮隻手遮天，所以我才落選，好，給你一個補償的機會。

「我都合意彈琴啊！」茂伯暗示道。

「琴就買新的琴嘛！」

「彈琴是欲彈予誰聽，今麼什麼時代啊，猶有人聽阮這老的彈琴？啊報紙都報阮是國寶，寶一箍芋仔蕃薯啦，誰在給我稀罕？像阮這款國寶，就要出去予人欣賞，不是祀在厝裡底作神主牌仔！」

這下洪國榮懂了，他湊到阿嘉耳邊比手畫腳，講起悄悄話，茂伯冷眼旁觀，看樣子洪國榮這次反倒是在關說阿嘉，要阿嘉把茂伯塞進樂團去了，不過阿嘉怎樣都不肯答應。兩人討論了老半天，茂伯決定推他們一把。

「好啦好啦，」他輕描淡寫的說道，「有幾百張批沒送，應該未處分傷重啦，」然後指著那個被拆開的郵包，加重語氣，「早有聽人講給人偷拆信去予人判刑的啦！」

「給你講這不是啦！」阿嘉應道。

「彼是啥？還死鴨硬嘴篦！」茂伯再看了看那包裝紙，「黃色的喲！」

這下阿嘉知道茂伯認得那個郵包了，只好難爲情的承認道：「嘿啦嘿啦！」好啊，要怎麼做，你們自己看著辦吧！茂伯抬高了下巴，雖然滿臉怒容，心中卻有幾分得意。

「好啦！」洪國榮出來打圓場，「阿嘉啊，彼貝斯手著傷，未當彈琴，今麼猶找無人咧，無就換茂伯仔去，你講按怎？」

「……好啦！」阿嘉也只有勉爲其難答應了。

「啊，批……」洪國榮說。

「知啦，會鬥送啦，」茂伯說，「夭壽死囝仔，批給人藏這久沒送，無緊給送送咧齁……」

聽茂伯這麼一說，洪國榮也道，「來，提一些予我。」

阿嘉一臉疑惑的看著他，洪國榮數落道：「啊我嘛駛車來給你鬥送啊！」眞是的，都幾歲大了還不知事情輕重，何況偷藏別人的信，會造成鎭上多大的困擾啊！

說完洪國榮就催促阿嘉，趁太陽還沒下山先多送幾封。

隔天，茂伯和阿嘉分頭送信，但那幾百封的積信一時還是消化不動，阿嘉越送心中越覺鬱悶，這郵差工作原本也是洪國榮爲了討好媽媽硬塞給自己的，雖然的確自己也有錯，但是始作俑者還是他啊，現在卻都自己得承擔，這幾百封的信捆綁著他，讓他沒辦法自由自在的徜徉在音樂之中，創作的繆思也被打斷，越想越悶。

他又停下車，跳進海中，在陽光照耀下的蔚藍海面上漂浮著。

* * *

海灘上，一樣有人在拍照，不過這次不是自己帶著的模特兒了，是一對新人正在拍婚紗照，友子趕緊避開，以免擋到海景，造成他們的困擾。

早上一場意外，貝斯手看來要換人了，友子一直嫌他老，事實上他也的確跟不上速度，塞翁失馬，焉知非福，或許這樣一來，就能有個稱職的貝斯手了。

但是當晚上她到練團室門口，代替勞馬父親走進練團室的，卻是一個七十幾歲的老人，這……友子先是震驚，然後轉而變成無比的憤怒。

＊＊＊

歐拉朗出車禍，勞馬原本擔心了一下，到急診室時醫師說只是皮肉傷而已，勞馬鬆了一口氣，甚至還對父親臉上的白叉叉幸災樂禍了起來，他想了想，實在覺得挺抱歉。

調回恆春以後，心情惡劣，成天打架、惹事生非，都是父親在幫他當和事老，好在參加樂團以後，不知怎的，心中的煩悶消失了，也清醒了些，這陣子眞是辛苦父親了。

不過，父親的手也受了傷，不能彈貝斯，那這樂團該怎麼辦呢？勞馬看到友子也來了，她也在煩惱一樣的問題吧？

說到這友子，她總是有意無意的去找阿嘉麻煩，看起來好像跟他有什麼深仇大恨，其實是很在意他，這點水蛙那個呆頭鵝看不出來，但可瞞不過結過婚的勞馬，而阿嘉雖然總是對她愛理不理的，搞不好私底下已經是一對了呢，誰知道呢？才這樣想，卻看到櫃台小姐領著茂伯到練團室門口。

「誒？茂伯仔你來這創啥？」勞馬問道。

「創啥?我貝斯手咧!」茂伯理所當然的說，然後就抱著手中的月琴進了練團室。

勞馬傻眼了，然後他看到友子的臉先是白了，然後又脹紅，不妙了，看到女生這個樣子，等會兒一定有一場狂風暴雨。

果然，當阿嘉一出現，友子馬上上前，先是冷冷說道:「我上次就跟你講過，彈貝斯的那個歐吉桑太老了，」然後大聲質問:「你今天又換來一個更老的!」

阿嘉啊，這時候要低聲下氣點，好好安撫人家一下，知道嗎?勞馬對阿嘉擠眉弄眼一番，但是阿嘉完全沒看到，反而表現出一臉不耐，回道:「人又不是我找的，關我什麼事啊?樂團又不是我負責!」似乎覺得他自己也很不滿，爲什麼友子還要找他痲煩。

「你不負責?」友子簡直氣壞了，整個人逼到阿嘉前頭，眼看就要打起來，勞馬連忙勸開。

「好，那到時候我看你在台上怎麼唱!」友子撂下這句話，然後似乎打算不管了，阿嘉微微張口，想說些什麼，但又說不出來，等友子一開練團室的門，只見茂伯正坐在裡頭拿著月琴邊談邊唱……

「我愛我的妹妹啊，哥哥真愛妳，彼當時在公園內，按怎妳敢知，看著月色漸漸光，有話對妳講，妹妹妳亦想看覓……」

「你……」友子氣結了，她關上門，「你眞的讓他拿那個當貝斯嗎？那個老頭，我敢打賭，他從出生到現在一定沒有拿過貝斯，還有幾天，日本歌手就要來了，怎麼辦？」聽她的口氣，都已經到了歇斯底里的邊緣了，可是阿嘉不曉得怎麼著，竟然一點反應也沒有。

「還有你的第二首歌呢？連個影子都還沒有，我給你的CD你聽了嗎？」友子又質問道。

阿嘉沒有回答，反而是和勞馬對望了一眼，好像在問勞馬「哪來的CD」。不妙啊！不妙。

友子果然被阿嘉的態度惹火了，「你看，他這樣！」友子對勞馬大吼，好像在跟勞馬這個外人討公道似的，然後她轉頭向阿嘉大吼：「不要跟我說作曲不是你負責的！」才剛罵完，她瞧了瞧阿嘉的頭上，從他額頭髮際處猛然一拉。

「幹什麼啊？」阿嘉叫道。

友子先是把手放到嘴邊舔了舔，然後張開來，告狀似的給勞馬看：「你看，鹽巴！他作不出曲子，還有空去海邊玩水，」告完狀後，友子細數罪狀似的向阿嘉說：「你每天遲到，我都以爲你在作曲才沒有說你，原來你跑到海邊玩水。」說完冷哼了兩聲。

不好了，火山要爆發了……阿嘉你也辯解一下吧！

來不及了，友子已經氣到頭髮都要豎起來了，她飆了一句日文：「你們這些人不要太過分了！」然後又用中文大聲說：

「我不幹了！」

友子甩起包包猛打阿嘉，用日文大罵：「滾開啦！」說完就頭也不回的走了。

「喂，」勞馬叫住阿嘉，「你怎麼都不講話啦？」吵架難免，就算不安撫對方，至少也別一點回應都沒有，那不擺明要氣死對方嗎？

不料阿嘉卻一臉事不關己般的應道：「她講哪一國中文，你聽得懂啊？」

好吧，或許我誤會了，算我多事，隨便你們嘍，勞馬心想，想到剛剛友子去拔阿嘉髮際上的鹽巴，他不禁摸了摸頭，哎呦……亂噁心一把的，如果不是情侶，去舔對方額頭眞的是難以想像。

「日本人什麼都敢吃……」勞馬不禁自言自語道。

＊＊＊

阿嘉一言不發走進練團室，茂伯硬是要在樂團裡卡個位，他現在滿腦子只想著要怎麼讓彈月琴的茂伯在幾天內搞定貝斯，還有要如何一邊送完堆積如山的信之餘，騰出空檔寫曲，這已經夠讓他心煩了，友子還偏偏在這個時候無理取鬧，說什麼他都沒在作曲去玩水，還什麼CD呢？懶得理她。

茂伯還在繼續彈唱著小調，阿嘉直接把他的月琴拿走，換上貝斯：「你彈這支。」然後就直接演奏了起來，搖滾樂的大音量把茂伯嚇了一大跳，他摀住耳朵大罵：「創啥洨，幹恁娘，創啥洨！」

經過這樣震撼教育後，阿嘉才讓勞馬開始教茂伯貝斯，雖然茂伯彈的月琴也是弦樂器，但是學新樂器談何容易，看來非得增加練習時間，如此一來，就不能要茂伯多去送信，那自己也沒有作曲時間了，怎麼辦？阿嘉沉思著。

明珠帶大大回家後，阿嘉叫住團員，「勞馬，水蛙，」然後他坦承自己積信的事情，「……

可以請你們也幫忙送一些嗎？」他第一次向團員們低頭懇求道。

「齁，你眞害呢，沒收到信的人怎麼辦啊！」水蛙埋怨道，但是他還是一口答應了，「不幫你送，曲誰寫？」

勞馬出乎意料之外的沒有數落他，「交給我們吧，你專心寫曲。」

就像一個人組不成樂團，一個人送不完的信，夥伴們一起送，就能送完。

阿嘉突然有點感動，又有點傷感，當年在台北的團員都是一時之選，因爲對音樂有共同的熱情而組成，最後卻因爲要出道，犧牲了阿嘉而各奔東西；現在這個七拼八湊的樂團，根本就是洪國榮亂搞硬湊成的，相處短短的時間，初識時還都起過嚴重衝突，卻願意一起幫阿嘉承擔錯誤與負擔。

台北的團員們，嫌棄他唱歌太用力，寧可更換主唱；恆春的團員們，縱然沒有專業的音樂素養，縱然自己一直對他們頤指氣使，不把他們當一回事，但是他們還是認同他是主唱。

或許，是恆春人比較有人情味吧？

阿嘉向他們道謝，勞馬說：「謝什麼謝，快回去寫曲吧！」

南之三

阿嘉不再出門送信，每天的信件與之前的積信都由團員們合力去送，他躺在床上，輕彈著吉他，每當一段合適的旋律在腦海中浮現，就連忙起身寫下，然後從頭彈奏一次，旋律源源不絕的湧出，彷彿他的靈感也從送信的繁瑣與壓力中釋放出來，阿嘉專注沉浸在創作之中，臉上滿溢著笑容。

紙箱中的信件都分配給勞馬、水蛙，還有洪國榮他們，只有那盒來自日本的信，依然靜靜躺在角落。

＊＊＊

洪國榮的手下駕駛著黑色賓士車，阿清在前座看著地址，洪國榮坐在後座，拉下車窗，親自投遞積信。

誒？那不是那個馬拉桑嗎？他正在店裡推銷小米酒。

送了大半天後，黑色賓士車繞到海邊，阿清一瞧，又是那個馬拉桑，正在露天座位上向客人們推銷小米酒，阿清忍不住敲了敲車頂：「主席啊，你看！」

洪國榮拉下車窗，看到馬拉桑辛勤的樣子，不禁讚嘆道：「這客人這呢拚，暗時顧飯店，日時走店面。」

駕駛不屑的說：那只是無頭蒼蠅罷了，阿清不以爲然：「你看人今仔日走的外務，比您兜阿嘉剩在厝內的批猶較多。」

哪壺不開提哪壺，洪國榮用力打了阿清一下，阿清吃痛，不禁喊了聲：「噢，幹！」

罵什麼來著？沒大沒小！洪國榮「哼」了一聲。

「無啦，無啦。」阿清連忙說。

阿清說得沒錯，這客家人眞的很拚，雖然他是外地人，但是一個年輕人肯這麼努力，也是很讓人感動的一件事，好吧，就給他一點鼓勵吧！

今天晚上，茂伯的弟弟要娶孫媳婦，鎭裡有婚喪喜慶，洪國榮身爲鎭代表會主席一定會出席，再說這辦桌也是「阿珠口」她的餐廳辦的，晚上他就叫個六十瓶「馬拉桑」當伴手禮。

＊＊＊

明珠用力擦著鏡子。聽說，昨天那個遠藤友子和阿嘉起了嚴重衝突，喊著不幹了，她該不會這樣「中途半端」——半途而廢——吧？

但是她也沒立場說什麼，她們第一次見面，就是友子逮到她在廁所抽菸，在友子心中，她的形象已經是個不盡責的傢伙了吧？希望阿嘉他們能好好安撫友子，把她留下來，樂團好不容易撐到現在，不能上台表演就太可惜了。

打掃完畢，明珠推著清潔推車到走廊上，卻看到她最不想看到的景象：友子正拖著她的橘色行李箱，一臉木然從房間走出來。

「誒！」明珠叫住她，「妳就這樣走啦？」

友子卻頭也不回繼續往電梯走去，明珠連忙大叫：「喂……喂！」然後用日文喊道：

「那邊的日本人，答應的事怎麼可以沒做到就不管了？」

友子還是木著一張臉，一聲不吭的關上電梯門。

明珠正打算追上去，卻停下腳步。

這不是日本人第一次答應的事沒做到就不管了，不是嗎？

他不也一樣嗎？他說，一年之內就會回台灣找她，這次要和她一起環島；他說，下次來台灣要帶她回日本；他說，回日本以後會每天想她，每天寫一封信給她；他說，他絕對不會欺騙她，因爲他最愛的就是她。

「懷孕了怎麼辦？」她記得激情過後，她擔心的說。他說，要是懷孕了，他就把她接到日本，結婚，讓小孩在日本長大。

他說，日本人最重承諾，做到一半的事，一定會完成，不會「中途半端」，答應的事，一定會做到。

胡扯！日本人只會光說不練。

他從未再回台灣，甚至沒有再聯絡她，也不曾寄任何信給她，現在想起來，大概是不想讓她找到他，想把她就這樣扔在台灣。

她盜領了奶奶的積蓄，飛到日本，雖然有地址，人生地不熟的，要在茫茫水泥叢林中尋找談何容易，她憑著一口破日文，一邊比手畫腳，最後還是找到了，但是當她按下門鈴，應門的卻是一個跟自己年齡差不多的女孩子，她硬著頭皮問他在不在，說是在台灣的朋友，那女生轉頭喊道：「老公，有台灣來的朋友找你。」

老公？

的確，如果他結婚的話，日本人多半是妻子應門，但是他不是說要把她接到日本結婚的嗎？怎麼會……竟然已經結婚了呢？

她不動聲色，打量著眼前的女生，她皮膚白皙，就好像初雪，聲音輕柔，像是畫眉啁啾，眼神溫婉，好似四月紛飛的櫻花，一舉手一投足，都像是日本傳統「大和撫子」一般柔和而合規矩……簡單的說，就是除了年齡以外，樣樣都和她相反！

所以他愛的根本是與她完全不同的女性，明珠痛苦的體認到。

當他終於出現時，一見到明珠，就愣住了，然後用中文說：「妳怎麼追到這裡來了？」

明珠絕不就此放棄，但是她也知道直接和他妻子攤牌，只會把事情搞砸，她要慢慢把他的心搶過來，「我懷孕了。」她用中文淡淡的說。

他果然捨不得她，幫她安排了住處，他妻子一直被瞞著，還有幾次來探望她，就是這樣，只要她和他有共同的祕密，他妻子被排除在外，那久而久之，他終究會倒向自己這邊的。

明珠無視觀光簽證只有十五天的期效，早已超過期限，她想辦法非法打工，但是在日本開銷很大，她手上的錢越來越少，但她不在乎，只要得到他的心，他就會還錢給奶奶的，她還是抱著這個希望。

直到她生產的那天，他沒有露臉，當母女均安後，日本移民局的官員突然出現了。

「不，不要！」她用這幾個月來學會的帶腔調的日文喊道，「至少讓小孩見見孩子的爸爸！」

但是明珠怎麼等也等不到他，最後，有個護士看不過去了，才偷偷告訴明珠：「就是他報警的。」

所以日本人講得冠冕堂皇，卻只是滿口謊言而已。

就像那個遠藤友子也終究半途而廢了一樣。

＊＊＊

工作中抽菸的女清潔服務生，竟有臉譏刺自己說到的事沒做到就離開？友子早已氣到心死，也懶得理會她了，到了大廳，櫃台小姐一見到她提著行李箱要走，連忙趕上來問：「友子小姐，妳怎麼了？」

友子不答，這回她眞的鐵了心要走，說眞的，她一開始就不應該答應這個工作，到頭來，事情辦不成，日本那邊的機會還不是落空，只是白白受氣罷了，她正要走出自動門，新貝斯手老頭卻剛好擋住了她的去路。

友子想繞開，他卻跟了過來，遞上一張喜帖，出乎友子意料之外的，他一本正經，用帶著腔調的日語說：「友子小姐，我弟弟的長孫今天娶媳婦，晚上在廟口有酒席，請和我們同樂吧，今晚請一起來吧！」

說起來會氣到想走，不就是因爲這個老頭，但是他反而特別用日語，這樣恭恭敬敬的邀她一起祝福新人，這讓友子爲難了起來，對方這麼和氣、客氣，她就不好意思再生他的氣了，友子沉默了半晌，還是接過了喜帖，用日語說了聲：「恭喜。」

既然人家這麼誠心來邀請了，就晚上參加完喜宴，明天再走也是一樣的，友子心想，但是，接下來該怎麼打發時間呢？她拉著行李箱，回到大廳，茫然坐在椅子上，不知該何去何從。

＊＊＊

栗原南的最後一站是博多，眼前的這棟大樓，正是數十年前祖父家族前往台灣前賣掉的祖產，現在已經成了繁華現代都市中多如星點的商業大樓之一。

栗原南應景的在裡頭吃了博多拉麵，但是這個地方和她，或和父親，已經沒有任何牽絆了，父親在年幼時就離開博多前往台灣，恐怕除了冬季的飄雪以外，什麼都記不得了吧？

所以，這就是這趟追尋旅程的最後了。

當栗原南搭上返回宮崎的列車，她不禁想起了父親的最後一封信：

友子……我已經平安著陸……
七天的航行
我終於踩上我戰後殘破的土地……
可是我卻開始思念海洋……
這海洋爲何總是站在希望和滅絕的兩個極端……
這是我的最後一封信
待會我就會把信寄出去……
這容不下愛情的海洋
至少還容得下相思吧！……
友子，我的相思妳一定要收到
這樣妳才會原諒我一點點……
我想我會把妳放在我心裡一輩子
就算娶妻、生子……

在人生重要的轉折點上
一定會浮現……
妳提著笨重的行李逃家
在遣返的人潮中，妳孤單地站著……
妳戴著那頂存了好久的錢才買來的白色針織帽
是爲了讓我能在人群中發現妳吧！
我看見了，我看見了……
妳安靜不動地站著
妳像七月的烈日
讓我不敢再多看妳一眼
妳站得如此安靜
我刻意冰涼的心，卻又頓時燃起
我傷心，又不敢讓遺憾流露
我心裡嘀咕，嘴巴卻一聲不吭

我知道，思念這庸俗的字眼

將如陽光下的黑影

我逃他追……我追他逃……

一輩子

父親說等會兒就要把信寄出去，但是他卻從來都沒有寄出，就如同他在信中說將一輩子不願見到大海，也一樣食言了。但是她知道父親有件事沒有食言，那就是父親的確把友子女士放在心裡一輩子，即使娶妻、生子，依然不忘。

或許父親沒有把信寄出，是因爲這些信是他僅存的、能代表他的思念之物，所以他才把它藏在衣櫃中，就如父親說的，像陽光下的黑影，與他相伴一輩子。

栗原南很感激佐藤先生、山本教授，更感激那位素未謀面的友子女士，有他們的幫忙，才讓她終於了解自己的父親，可是，她也帶著一分自責和愁緒，爲什麼自己不在父親生前多關心他一些，而是等到他死後，才從信件中、老人的口中、歷史資料中，重新去認識他呢？

她希望友子女士能夠回信，如果她回信的話，她會說服丈夫，帶她一起到台灣南方的恆春，然後，希望能再從友子女士口中聽到父親在台灣的一切。

「嗯……美玲啊，」馬拉桑抓了抓頭，他和李美玲之間還有點尷尬，方才美玲興匆匆的告訴他，代表會主席跟他訂了六十瓶「馬拉桑」，他一時樂過頭，竟然把她整個抱了起來，之後她有一個小時都沒跟他說話了，「我……晚上妳也要去喝喜酒嗎？要不要搭我的便車過去……」

「噢，」美玲還是冷冷的說，「好啊。」

「別這樣，」馬拉桑陪笑道，「妳也知道我得整場陪酒，萬一醉倒了，就麻煩妳載我回來啦！」

這個冷笑話顯然很失敗，美玲氣得罵道：「馬拉桑！原來你載人過去只是要我當回程司機啊？」

「不是不是……」

總之美玲是上車了。

沒想到代表會主席會這樣幫助他，馬拉桑還以為那個黑臉很討厭他呢。雖然六十瓶是個很小的數字，但是在整個鎮都會參與的喜宴上請大家喝「馬拉桑」，宣傳效果不言可喻，所以美玲才會很開心的對他說：「你做到大生意了！」

馬拉桑實在摸不著頭腦自己是做對了什麼事，這陣子，他下定決心一家家小店面都不遺漏的跑，當他回到飯店時，疲憊感如漲潮的浪濤般湧上，馬拉桑到廁所洗洗臉，在鏡子看自己浮腫的眼睛，泛著血絲，有半刻間，他自問這一切值得嗎？的確，屏東真的是一塊貧瘠的地方，儘管他再怎麼跑，到現在都還沒有半張像樣的訂單。

像這樣處處碰壁，卻沒有半點突破，著實難熬，叔叔曾說，有時業務員會撐不住這樣的壓力，他說，這種時候，他會故意用賠本的價格賣車，就算賠了錢，只要成交了，感覺就會變好，會覺得自己手氣恢復了，然後再去衝刺賺錢的業績。

可是馬拉桑沒那個本錢，更糟的是他現在的確都是賠錢賣——給人試喝嘛——但是卻好像連推廣的效果都還不曉得在哪。

課堂上，業務員前輩說，要相信自己，相信自己做的一切終會有回報，要正面思考，但是馬拉桑已經快要喪失信心了，負面想法不停湧了上來，他覺得自己就要失敗了，前輩說，只要覺得自己失敗了，那就眞的失敗了。

就在這個時候，這六十瓶的訂單給了他莫大的鼓舞，讓他覺得起死回生，代表會主席大概不曉得這六十瓶酒對他的意義有多大，但日後他一定要感謝他——客家人最重義氣的。

在他灰心的時候，剛好聽到茂伯在練團室彈奏貝斯，他不禁循聲過去查看，果然那是一間練團室，一時間，以前的記憶又回來了，練團室裡只有茂伯一個人在，老郵差一見到他，就學他大喊：「馬拉桑！」他連忙客氣的回應，一問之下才曉得，原來茂伯需要練習貝斯，他便在練團室裡頭教茂伯彈貝斯，直到美玲來通知他有訂單的好消息。

或許是音樂給他帶來好運的？

總之，一定要把握今晚的機會，讓全恆春的人都曉得「馬拉桑」的好。

＊＊＊

友子沒想到婚禮會場竟然是在一間廟前的空地，空地上頭懸著紅燈籠，一張張圓桌鋪上塑膠布就是餐桌，人人坐著圓板凳，她在日本參加過的婚禮總是在餐廳裡進行的，從來沒有吃過這樣的喜宴。如果是在她心情愉快時，或許會覺得這是難得的體驗，但她正心煩意亂，只覺得自己彷彿被丟到了異次元世界似的。

她被安排與夏都總經理和代表會主席一桌，這些年齡大她一輪的人用台語聊起天，讓她更顯得格格不入。她呆坐著，一時間不曉得自己來這裡幹嘛。

那個馬拉桑倒是如魚得水，像花蝴蝶般在場中穿梭，一面喊著：「馬拉桑！大家好，代表會主席請的齁，阮公司的新產品馬拉桑小米酒……」

突然一個熟悉的聲音說：「來來來，菜來了！」

洪國榮起身幫忙端菜，一面轉頭過來介紹道：「投摸口小姐，這阿嘉他媽媽啦！」

王愛娥連忙說：「我有看過啦，伊有來阮兜啦！」

友子想起上次到阿嘉家，王愛娥熱情的招呼她、稱讚她，冷冰冰的臉化開了，綻放出開心的笑容，向王愛娥點頭招呼，但是一轉頭，卻看到在不遠處的阿嘉，阿嘉瞧見了她，卻故意避開她的目光，友子表情再度凍結。

大會廣播道：「後一位陳光輝請準備！」

有個又乾又瘦的鄉巴佬舉手：「這這這，陳光輝我本人！」

友子聽不懂他們說什麼，但那個傢伙似乎喝醉了，先是扶著他三胞胎小孩的頭站起來，然後又「喝！哈！」了兩聲，大概是表示自己沒醉不用別人攙扶。

「眞是個白癡。」友子不禁用日語罵道。在台灣也有個好處，她可以隨意用日語奚落別人，反正他們聽不懂。

喜宴上人們來來去去，但是友子只往阿嘉那桌瞧，自己爲了他做了那麼多，爲什麼他老是要用那種態度對自己呢？爲什麼老擺那種臉色呢？難道眞的那麼討厭我嗎？

阿嘉又是和友子對看了一下就閃避眼神，反而和勞馬拚起酒來了，友子更覺沮喪，當她過了許久，又看向阿嘉那桌，剛好勞馬父親起身，她和阿嘉再度四目相對。

但阿嘉這次不但露出不耐煩的表情，眼神閃避，還直接起身走開了。

友子只覺得心情低落到了極點，她酒越喝越多，但是並沒有感覺比較好，反而是覺得越來越生氣。

夏都總經理看她一個人發愣，便拍拍她的肩膀，喊道：「投摸口，投摸口啊！」

「不要碰我！」友子用日語回道。但夏都總經理不懂日語，又拍拍她的肩膀：

「投摸口啊！」

友子用日文大喊：「不要碰我可不可以！」然後站起身，賞了夏都總經理一巴掌，直把他打翻在地上哇哇大叫，洪國榮連忙扶他起來。

友子已經不想再待在這個地方了，她帶著滿身酒味，離開廟口。

＊＊＊

勞馬、歐拉朗、茂伯、明珠、阿嘉同桌，勞馬看阿嘉似乎心事重重，舉杯要敬阿嘉，不料阿嘉不跟他敬酒，逕自喝乾了整杯。

「呦，酒量好是不是？」勞馬被這樣一激，站起身來，不顧歐拉朗勸阻，整瓶酒端起來邊倒邊喝，一口氣喝乾了。

水蛙這時才到場，看到勞馬的豪飲，不禁拍手喝采。一旁茂伯看到水蛙穿著整身紅，說道：「水蛙擱包裝作按呢，鶺䳇喔！」

但水蛙沒回應，只是四處張望老闆娘在哪，他看到她在鄰桌，也不顧身旁就有個空位，說：「此沒位了，啊無……我去坐彼桌好了。」然後就走到鄰桌，叫了聲：「頭家娘……」

三胞胎看到他的火紅裝扮，尖叫道：「你哪會穿到按呢！」「水蛙叔叔，你緣投！」冷不防大大從旁走過，往三胞胎小男孩臉上用力猛捏：「好可愛喔！」然後就一陣風般的離開了。

被捏痛的小男孩正大叫：「妳給我記住，膽小鬼給我記住！」他父親機車行老闆陳光輝已經上舞台，大喊道：「……今麼就來唱這條〈轉吧七彩霓虹燈〉！」

老闆娘叫三胞胎：「去去，去給爸爸加油！」小孩們又叫又鬧的跑去台前了，老闆娘這才回頭對水蛙說：「啊，你哪有這套？」

水蛙沒回答，只問道：「頭家又喝酒醉了？」

老闆娘點了點頭。

水蛙沒說什麼，從外套內袋中拿出一只蝴蝶胸針：「頭家娘，這送妳。」

台上的陳光輝突然整個人跌平在舞台上，水蛙和老闆娘都起身要去扶他回來，老闆娘說：「無要緊啦，我去就好，你攏猶未吃。」說著就擠過水蛙往前去，她豐滿的胸部擦過水蛙的手臂，水蛙當場兩眼發直，愣愣的看著她。

這一切明珠都看在眼裡，不禁皺起了眉頭，等水蛙回到樂團這桌，她忍不住數落他：「人家老闆娘年紀比你大，然後又已經有三個小孩，最重要的是她老公還沒死，你到底在幹嘛啊你？」

沒想到水蛙卻一邊猛喝酒，一邊強辯道：「妳看過那個青蛙交配沒有，一隻母青蛙背上貼著兩三隻公青蛙，那兩三隻公青蛙有沒有在那邊互相吵架的？沒有啊！那人幹嘛去計較那一男一女、兩男一女的事呢？」

如果真的不計較，那你何必把自己灌醉呢？明珠很想質問道。

但想想，自己又有什麼立場質疑他，她在日本的時候，一心想要強搶別人的老公，水蛙只不過是想在一旁偷偷喜歡老闆娘而已，說起來，自己還更不道德點。

可是，這樣的戀情，最後只是搞得身心俱疲而已啊，明珠很想用過來人的身分勸勸他，但是想想，當年的奶奶又何嘗勸得動她呢？

也罷，只要水蛙能一直像這樣認同這種青蛙邏輯，那大概就能繼續下去吧，明珠不知該跟他說什麼，只好豎起大拇指：「你行！」

＊ ＊ ＊

勞馬拚了一瓶酒之後，本來還活蹦亂跳，但又到別桌喝了一圈，這下眞的喝醉了，他繞了回來，口齒不清的喊了阿嘉：

「朋友！」

勞馬接著掏出皮夾，指著裡頭的結婚照：「這是我的魯凱公主，長得很漂亮齁，如果你有看到她的時候，告訴她，我已經不再賣命了，我已經回來當一個安分的小警察，好不好？」

阿嘉不曉得他在說什麼，只看到歐拉朗表情沉了下來，勞馬又繞到了洪國榮那桌，叫道：「主席啊！」

洪國榮應了聲，勞馬又醉醺醺的說道：「你好，眞久無見了……這阮某啦，有美否？」

「美美美，」洪國榮敷衍道，然後似乎很有經驗似的，塞了一瓶酒給勞馬，「這罐提咧，去敬後壁桌，你攏無去給人敬後壁桌，緊去緊去。」

「噢……歹勢歹勢。」醉到搞不清楚的勞馬還眞的被這招給騙走了。他走後，洪國榮嘆了口氣，對不明所以的夏都總經理說起勞馬的故事：

「較早在台北當迅雷小組，你也知影彼款隊員，只有半條命爾爾啊！有時早起時出門，暗時未當轉來，恁某擋未住，就按呢離家出走，心情壞啊，有一擺出勤務的時陣，自三樓摔倒落來啦，傷到龍骨，住病院住半年，無法度，出院了後調轉來自己的故鄉，唉，可憐啊……」

原來勞馬有這樣的過去，阿嘉心想。

對面的歐拉朗，聽到洪國榮提起兒子的傷心往事，情緒就更低落了，他嘆了嘆氣，然後說了聲：「好想唱歌喔。」

阿嘉舉杯要向他敬酒，這次輪到歐拉朗不理會他的敬酒，反而起身離開了，他一離席，阿嘉才發現友子從她那桌看過來，一直用嚇人的眼神瞪著他。

她到底哪根筋不對勁啊？爲什麼三番兩次專門找我麻煩？阿嘉心裡老大不高興，索性起身離席，離開廟口走上小路。

歌舞女郎正唱著：「初戀愛情酸甘甜，五種氣味喔……尤其是小姑娘，心內是眞歡喜，表面上她擱假眞生氣喔……」

但阿嘉沒心情聽，他走到了海邊，吹吹沁涼的夜晚海風。

醉醺醺的勞馬也到了海邊，他看到大大和鴨尾正坐在一起，走了過去：「噢喔，被我發現嘍，」勞馬面露微笑，然後他又蹲了下來，掏出皮夾，指著照片對大大說：「妳看，這是我的魯凱公主，長得很漂亮齁……眞的很漂亮啦！如果妳有看到她的時候，告訴她……」

大大沒有出聲回應他，也沒有像洪國榮那樣敷衍他，而是摟住勞馬後頸，在他額頭上輕輕一吻。

皎潔的月光下，純眞女孩的吻，有如天使的祝福，然而最純眞的天使，卻也是殘酷的天使，女孩的一吻讓勞馬淸醒了，他一直逃避著妻子再也不會回來的事實，還期望著有一天，妻子會回心轉意，但是，他自己是最明白的——那是不可能的了。

勞馬啜泣，接著把頭靠在大大懷裡，痛哭失聲。

＊＊＊

好，你再躲我啊，已經有九分醉，友子迷迷糊糊的心想，那我就直接殺到你家，看你還怎麼躲！想著想著，身體已經蹣跚的走到阿嘉家那有著木格子、毛玻璃的木門前。

門正鎖著，友子不由分說砸破了一片玻璃，揮舞著包包：「阿嘉，出來，」接著用日語叫囂道，「滾出來，爲何不敢滾出來？」

友子看裡頭沒反應，用肩膀撞了幾下門，繼續用日文罵道：「跩什麼啊！什麼態度啊！」說著脫下高跟鞋，抄起來就一扔，「砰」第二片玻璃破了，「阿嘉！」友子又大吼，把第二只鞋也扔了出去，「咚」的一聲打在木板處，友子又繼續用日語喊道：「你跩什麼跩啊！」

這樣發洩一陣子以後友子也累了，往後坐倒，已經裸著的雙足猛拍地，她啜泣著用日語自言自語：「爲什麼要欺負我，我只不過是做該做的事不是嘛？」說完放聲大哭，哭著哭著索性躺在地上。

夜空中掛著一彎新月，在友子看來卻成了一張笑臉，她一氣之下指著月亮邊哭邊罵道：「該死的月亮，你在笑什麼啊你！」友子大哭個不停，直到累到倒臥地上。

海風讓阿嘉酒意完全退了，他漫步回家，發現友子倒在家門前的地上，抬頭一看，門上的玻璃破了兩扇，這是怎麼回事？

先把她叫起來再說吧，阿嘉搖了搖友子，眼看喚她不醒，只好把側臥的友子轉過身來，從背後抱她起身，卻沒想到友子早醒了，直愣愣的看著阿嘉，那哭花的眼妝，加上帶著怨恨的表情，讓她好像日本恐怖片中的女鬼似的。

友子抬起手打了他胸膛兩下——她早已醉到沒有力氣了，說是打，其實不過是輕拍而已——一邊打著，一邊說著日文：「為什麼要欺負我！」

友子看阿嘉沒有反應，知道他不懂日語，於是改用中文訴苦：「你為什麼要欺負我。」

那大概就是剛才那句日語的意思吧？阿嘉心想，然後友子繼續說：「我一個女生，離家那麼遠，在這裡工作，又那麼辛苦，你為什麼要欺負我？」最後又講了日文，「為什麼要欺負我？」說完，她就累得睏倒在阿嘉懷裡。

突然有種莫名的感覺。友子說的，一個人離鄉背井，在外地奮鬥的辛苦，他也懂的……他在台北，也是一直一個人在他鄉奮鬥，當他最不順心的時候，也總覺得是所有人都對不起他，或許，友子現在就是這樣的想法吧。

她年紀還比自己輕，台北雖然是他鄉，終究是語言相通，不比日本與台灣的差別。自己老覺得友子總愛找麻煩，其實，那只是一個人在異地的無助，他早該察覺的，玩音樂十幾年，在台北待了許久，女朋友也交過不少個，阿嘉並不是不懂得跟女孩子相處，只是這陣子總有太多事煩心。

阿嘉背友子上樓，讓她躺在床上，友子哭花的眼影，順著淚水，在臉上留下兩條黑線——哭花的妝總是如此——阿嘉抽了兩張面紙，幫她把花亂了的妝擦去。

平時的友子看起來總盛氣凌人，彩妝好似她的武裝，卸去了妝的她，臉龐看起來倒有三分可愛。阿嘉回到桌旁，回頭看了看，友子翻過身，整個人縮起來側睡著，翻開雜誌，才看到裡頭夾著一張ＣＤ，上頭有友子留下的字條。

阿嘉：

這是我很喜歡的音樂CD，給你參考

這就是她說的那張CD，他想起來了，媽有把CD擺在桌上，他卻隨手夾進雜誌就忘了這回事，友子特地送CD過來，自己卻忘了，她大概以爲他故意不聽的吧，怪不得要生氣。

阿嘉不禁苦笑了笑，看來自己被誤會得可不小，譬如說，她也以爲他都沒有在作曲不是，他心中嘆了口氣，拿起第二首歌〈國境之南〉，繼續塡詞譜曲。

不知過了多久，友子醒了，眼睛微微張開，她把枕頭推到床頭，坐了起來，抱著膝。阿嘉遞上一杯水，讓她醒醒酒，友子沒說什麼就接了過去，她一邊喝，阿嘉有感而發的問道：「妳眞的期待我們這些破銅爛鐵啊？」

如果不是的話，又何必爲了我們給自己這麼大的壓力，因爲達不到要求而發這麼大脾氣？

但是，這樣的組合有什麼可期待的呢？譬如說貝斯手還是有跟沒有一樣……友子生氣也是沒錯，她並不曉得茂伯當上貝斯手的內情，就她的立場當然要發飆的。

或是她期待我嗎？「可是我過了十五年，還不是一樣失敗。」阿嘉自嘲道。

在台北，和一流的團員合作都能搞到全盤皆輸了，在恆春跟個臨時拼湊的團一起暖個場，又能有什麼成果呢？他自己都不相信，但是，他實在不甘心，雖然就理性上，他覺得這是場鬧劇，可是，面對他鍾愛的音樂，他實在不願放棄，他想追逐每一個小小的希望，就算是再怎麼不切實際，他也要闖上一闖，他已經嘗過放棄的滋味，他實在無法過著那樣自欺欺人的生活。

而且，自己並不眞的是完全不行啊！就只差那麼一點點不是嗎？如果他眞的像茂伯之於貝斯，那他就會甘心的放棄了，但是，並不是如此啊！他忍不住對友子說：

「可是，我眞的不差！」

他起身要回書桌前繼續作曲，友子拉住他的手。

阿嘉有點詫異的看向她，已經是三十二歲的成人了，在花花世界的音樂圈也浮沉了許久，他領會這暗示著什麼。友子靜靜的低著頭。

……也不需要言語，接下來會發生的事，只是再自然不過的了。

＊＊＊

宴席散去，人人都有不同的心事，海邊的水泥護岸上，歐拉朗吹起口琴，明珠抱著大大，和著口琴聲在她耳邊唱歌，鴨尾坐在一旁，而水蛙斜靠著水泥，勞馬、茂伯橫躺著，一起吹拂著宜人的海風。

馬拉桑竟然眞的醉倒了，美玲也只好眞的開著「馬拉桑」車載他回飯店，一邊看著昏睡不醒、東倒西歪的馬拉桑。

收拾好場地的王愛娥和招呼完鎭民的洪國榮一道走著，談起了今晚喜宴上的趣事，說到友子給了夏都總經理一巴掌，王愛娥忍不住說：「我看彼查某囡仔啊，生做純純的，酒飲落去，脾氣煞眞壞呢。」

洪國榮笑笑不答。日本歌手就要來了，他默默希望這場喜事能爲暖場團的演出帶來好運。

彩虹

陽光從閣樓窗戶透了進來，喚醒了遠藤友子，她揉了揉額頭，昨晚喝醉酒，又一夜激情，現在頭有些疼。

阿嘉上半身裸著，在床上睡得很熟，看起來像小孩子一樣，友子不想叫醒他，只好先東張西望瞧瞧他的房間，以男生的房間來說算整齊了，她看過男生宿舍，堆得跟垃圾場似的，往地上看去，突然發現角落有一只半開的金松針紋黑底盒子，半包在黃色紙中，裡頭是好幾封信，起先她以為是阿嘉的信，拿起來一瞧，才發現那是來自日本，收信人是一位名叫小島友子的女性。

友子？跟自己的名字一模一樣。

盒子裡頭有一張少女的黑白照片，她應該就是小島友子吧？看起來好像是幾十年前的照片了，友子忍不住好奇，把裡頭的信一封封抽出，坐在床上看了起來。

傍晚，已經進入了日本海……

白天我頭痛欲裂……

可恨的濃霧

阻擋了我一整個白天的視線……

而現在的星光眞美……

記得妳才是中學一年級小女生時

就膽敢以天狗食月的農村傳說來挑戰我月蝕的天文理論嗎？

再說一件不怕妳挑戰的理論

妳知道我們現在所看到的星光

是自幾億光年遠的星球上所發射過來的嗎？

哇……幾億光年發射出來的光，我們現在才看到……

幾億光年前的台灣島和日本島又是什麼樣子呢……

山還是山，海還是海……卻不見了人……

我想再多看幾眼星空

在這什麼都善變的人世間裡
我想看一下永恆
……
遇見了要往台灣避冬的烏魚群
我把對妳的相思寄放在其中的一隻
希望妳的漁人父親可以捕獲……
友子，儘管牠的氣味辛酸
妳也一定要嘗一口
妳會明白……
我不是拋棄妳，我是捨不得妳……
我在眾人熟睡的甲板上反覆低喃……
我不是拋棄妳，我是捨不得妳……

友子起先只是想看看而已，沒想到看了就欲罷不能，最後把七封信都全看完了，還拿起來再三回味。幾億光年前的台灣島和日本島又是什麼樣子呢？在學校的時候，也學過這些自然科學知識，但是她從來沒有像這樣聯想過。

在日本和在台灣時都交過男朋友，但是總是打打鬧鬧，最多就是一起玩樂，然後不歡而散，從來沒有像這樣刻骨銘心的戀愛過，瞧，他想把思念寄託在洄游的魚兒身上，但是以前的那些男孩子多半只想跟自己上床而已。

她看了看身旁的阿嘉，昨晚兩人在寂寞和酒精的催化下短暫結合，但是今早一起來，他們兩人仍然什麼都不是。

那日本老師寫著要一輩子將對方深藏在心中，她覺得自己看著這些信，就有如那位日本老師在看著星空，在這什麼都善變的人世間裡，想看一下永恆。

她有點可以體會日本老師的心情，她沒有告訴阿嘉，日本唱片公司那邊想要開拓華文市場，想找一個會中文、又熟悉華文圈文化的公關，但畢竟平時主要活動都在日本，所以想聘用的是會中文的日本人，而非會日文的華人。這陣子下來，與日本方面合作愉快，對方已經提議請她到日本唱片公司工作，待演唱會結束，就與他們一同回到日本。

所以自己終究是經由台灣找到好的機會，只是終究也不是模特兒，無妨了，她已經放棄了，她很羨慕阿嘉，還能鍥而不捨追求自己的夢想，她已經無法再繼續下去，就算她願意，年齡也不允許。

鬧鐘突然響起，本來熟睡的阿嘉一聽到鬧鈴，猛然起身按鬧鐘，整個身子橫了過來，靠近友子的身體……雖然昨晚兩人溫存過，現在距離這麼近，卻莫名的尷尬。

阿嘉瞥見友子手上的信，接著突然意識到自己上身全裸，一拉棉被遮住自己，這下換友子的底褲露了出來，於是友子又把棉被扯了過去，阿嘉賭氣起來，猛把棉被扯回來，死抓住不放，友子扯了兩下拉不過來，算了！放棄，反正都給看過了。

眞可笑，昨晚明明就在做成人做的事，現在卻像是兩個對異性從沒經驗的少年少女似的。

友子下床，穿好衣褲，下樓前，她想起了那些信，「你……」她回頭對還抓著棉被不放的阿嘉說：「那些信件非常重要，不管怎樣，你一定要交到那個女孩手裡。」

當她走下一樓，想起阿嘉的媽媽也和他同住，不禁有點緊張了起來，四處張望了一下，趁沒被看見，偷偷溜走吧！友子躡手躡腳的走到門口，才發現玻璃破了兩扇：「啊，眞嚴重，」她不禁用日文自言自語道，「誰弄的啊？」

等她回頭關上門，才看到王愛娥站在裡頭，大概是自己下樓梯的時候，她就已經在身後了吧，友子只好和她點頭致意……噢！這下可被阿嘉他媽媽知道她在這過夜了，天啊！

＊＊＊

天亮了，但又有何關係
反正日光總是帶來濃霧
黎明前的一段恍惚
我見到了日後的妳韶華已逝
日後的我髮禿眼垂
晨霧如飄雪覆蓋了我額上的皺紋
驕陽如烈焰焚枯了妳秀髮的烏黑
妳我心中最後一點餘熱完全凋零
友子，請原諒我這身無用的軀體

「戇頭戇頭你，這會判刑的呢！早就叫你退轉去日本了，猶偷拆人的郵包！」茂伯看完信，先不由分說的臭罵了阿嘉一頓，然後拿起信思索道：「小島友子，誒，我哪會未記咧有這個人，這哪在咧，應該嘛無大我幾歲啊！」

阿嘉沒在聽，他想著友子，昨晚和友子兩人互相慰藉，一早起來又成了平時那樣仇人似的，不過既然知道了她的苦處，阿嘉已不再像先前那樣老當她發神經在找自己麻煩。友子會說這些信一定要寄到，是因爲收件人和她一樣叫友子的關係吧？

阿嘉知道茂伯懂日文，所以把信拿過來，向他求助，可是茂伯看完信後，大略說了信上的內容，說裡頭沒有多少訊息，還是不曉得那個已經湮沒的地址海角七號是現在的哪裡，他也沒印象哪位老太太叫友子。

「來，載我出去。」茂伯說。

茂伯眞的是個挺盡職的郵差，先前雖然一直嚷著要退這盒信，但是知道有可能寄到以後，就又認眞起來要送到收件人手中了，阿嘉載著他繞過大街小巷，到處問人，然後再往偏遠地區尋找，當他們駛過海邊時，身後出現一道彩虹。

＊＊＊

友子正坐在飯店餐廳，心不在焉的看著寫滿行程的記事本，一抬頭，她也看見了同一道彩虹，她想起了早上看過的信的其中一封：

海上氣溫十六度，風速十二節，水深九十七米
已經看見了幾隻海鳥
預計明天入夜前我們即將登陸……
友子
我把我在台灣的相簿都留給妳
就寄放在妳母親那兒
但我偷了其中一張……
是妳在海邊游泳的那張

照片裡的海沒風也沒雨……
照片裡的妳，笑得就像在天堂
不管妳的未來將屬於誰，誰都配不上妳
原本以爲我能將美好回憶妥善打包
到頭來卻發現我能攜走的只有虛無
我眞的很想妳……

啊，彩虹！……
但願這彩虹的兩端
足以跨過海洋，連結我和妳……

一旦回日本，那時，與留在台灣的阿嘉之間，會有彩虹相連嗎？

＊＊＊

阿嘉難得沒有遲到，也帶來已經譜好的第二首歌〈國境之南〉，當他們演唱時，友子因為接電話先到門外去——之前阿嘉曾經因為她在裡頭講電話而發過脾氣。

「當陽光再次回到那……」阿嘉唱到一半停了下來，看向茂伯。

茂伯的貝斯又整個錯了，他自己也曉得，辯解道：「這線這多條，眞正歹彈呢。」

阿嘉沒說什麼，倒是勞馬受不了了：「這慢歌呢，誠簡單的物件亦無幾個和弦，拜託一下！」

信的事老是要茂伯幫忙，阿嘉也不好意思責備他，但是這樣實在不行：「無，你明仔再提早來練好否？」

「好啦好啦，」茂伯說，接著又補了一句，「是講這兩條攏無用到，敢未使給鉸掉呢？」

這下換水蛙跳起來大聲說當然不行。

茂伯跟不上進度，練習也只能草草結束，團員陸續出來，勞馬向門外的友子點點頭招呼，接著阿嘉走出來，看到友子，兩人對望了一會兒。

友子想對阿嘉說些什麼，一時又不曉得從何說起：「誒……」正尷尬間，大大瞥了他們一眼，帶著「我什麼都知道」的表情，和鴨尾一前一後，故意從兩人中間走過，阿嘉和友子兩人都不好意思的目送他們離開。

大大和鴨尾走了以後，友子輕聲問：「你有去找那個信裡的女孩嗎？」

阿嘉突然覺得有點不習慣，友子總是得理不饒人的大聲質問他，像這樣不好意思，彷彿怕得罪他似的問話還是第一次，他不希望友子誤會他沒認眞去找，於是很誠懇的答道：「我找了，不過還沒找到，我會再找。」

友子也尷尬了起來，平常的阿嘉，應該是會用愛理不理的表情說：「我找了沒關妳什麼事。」像這樣認眞的回答她還是第一次，友子點著頭微笑，然後想到：「啊，歌詞……」

阿嘉不待友子說完，就靦腆的說：「我知道，我會再修啦！」

友子撥了撥頭髮，兩人突然變得像這樣客客氣氣，其實還挺不自在的。

「那，」阿嘉比了比，「我先回去修詞嘍！」

友子點點頭，正要跟在阿嘉身後離開，冷不防阿嘉突然想起練團室燈還沒關，一轉身回去，就這樣撞上友子的肩膀，「呀！」友子輕呼了一聲。

「……關燈。」阿嘉指了指練團室，面帶抱歉，很不好意思的說。

友子笑了，連忙說：「我來就好，我來就好。」

然後轉身，踏著輕快的腳步走進練團室。

琉璃珠

雖然沒彈過貝斯，但畢竟也是月琴大師啊，沒想到還眞的被這貝斯難倒了。

茂伯又偷偷請馬拉桑來教他，還是彈不起來，不行了，演唱會就要到了，他再怎麼想上台，總不能把事情搞砸，唉！

之前他看馬拉桑那麼會彈貝斯，還請他不要說出去，給老人家一個機會，不過看來還是讓他當貝斯手好了，「喂，馬拉桑啊！」

「按怎？」

「我看猶是由你來彈貝斯……」茂伯說。

啊？馬拉桑很詫異自己竟然又有上台機會，原本，他能教教茂伯就已經覺得很滿足了。不過茂伯堅持，他也只好答應，晚上茂伯找來了樂團團員，向他們介紹馬拉桑。

「好啦，恁自己看他會使未啦！」茂伯說。

「會啊，」阿嘉答道，沒想到在最後關頭冒出一位有經驗的貝斯手，眞是太好了，「應該無什麼問題啦！」

「應該會使啦！」勞馬也忙不迭答道。

茂伯本來還要推託一下，優雅的下台，沒想到年輕人不懂這套，竟然直接滿口答應，「幹！」他忍不住罵道，「敢就應這緊？攏免考慮就講，我多歲人呢！我心肝不是鐵打的呢！我嘛會傷心呢！」你們懂不懂人情世故啊！

「啊人是你叫的，嘛不是阮叫的啊……」阿嘉還辯解道。

「對啊，阮佮他也無熟識。」那個死小孩就算了，竟然連勞馬也是……

馬拉桑連忙打圓場：「茂伯啊，我無要緊啦……」

「免客氣啦，夭鬼假細膩，」茂伯罵道，就是知道我自己不行才要你來，要你們給我留點面子，不是我自己要上，搞不清楚耶你，想到這些年輕人一個比一個呆頭，忍不住又罵了聲：「幹！」罵完想想，既然面子丟了，那乾脆要點裡子好了，「會彈貝斯就這囂俳，敢眞正未當有兩個彈貝斯的？」

幾個年輕人沉默了。

「我不管啦，予我彈啥攏好啦，」老人跟小孩可以耍小孩脾氣，茂伯徹底利用這點，「我一定欲上台表演的啦，幹！我是國寶呢！」

於是茂伯當上了鈴鼓手。

＊＊＊

練習的日子也到了最後一天，中孝介這天就會來台，友子前往機場接機。到恆春的路上，下起了大雨。

車上，後座的中孝介用手機拍下友子側臉，遞給她看：「爲什麼愁眉不展呢？」他問，「是戀愛嗎？還是工作呢？還是，是我們的緣故？」

是戀愛，也是工作，也跟你們有關，和你們一起回日本後，就與阿嘉分隔兩地了，但友子言不由衷的說：「我是在煩惱下這麼大雨，明天的演唱會該怎麼辦？」

「友子小姐，雖然下雨，」中孝介抬頭看著現在滿布雨雲的天空，「但是，難道妳不期待彩虹嗎？」

＊＊＊

最後一天的練習，阿嘉缺席，回家做最後的歌詞修改。

說也奇怪，一開始寫這首歌時，每天得與上百封的信周旋，但那時反而很急著想寫歌，總是偷空就先趕回家彈起新想到的曲調，使得擺在床尾的大紙箱內信越積越高，現在，床尾的積信空了，勞馬、水蛙、洪國榮分擔送信，空下來的時間，他可以心無旁騖的構思歌詞，卻反而毫無靈感。

繆思女神總是愛與人開玩笑，不是嗎？暖場團明天就要上台表演了，阿嘉嘆了口氣，到底是怎麼了呢，總覺得心頭有什麼悶著，像晴朗天空中的一抹雲，但一要細想，又飄散無蹤，也只能先擱下，想辦法追逐靈感。

就從歌名來聯想吧。

一開始，他把歌名取為〈國境之南〉，原因很單純，因為恆春位於台灣最南端，恆春的燦爛陽光，海風與沙灘，是個度假勝地，他已經把這些寫進了歌詞，但是，光是美好的景色，還缺少一點感動，要添加一點動人的愛情在裡頭。

愛情，對了。

他想起了那一直被他扔在地板角落，直到被友子發現，從日本來的信盒。茂伯看過那七封信後，大略告訴他信裡的故事，六十年前，時代的浪濤分離了信中的兩人，一輩子無法傳遞的思念，直到當事人已不在人世，才透過女兒寄出。友子就是深受感動，才會要他一定要把信寄到收信人手上的吧。

但是他與茂伯這幾天打聽下來，仍然沒有音訊，整個恆春沒有人曉得「海角七號」在何處，也不認識那位名叫小島友子的老婆婆。看來，他可能要讓友子失望了。

然後他想到了眼前這位友子。

原本她的工作只有平面宣傳照片的拍攝，是洪國榮硬是攪和，才陰錯陽差害她留了下來，若非如此，自己將與她在恆春錯身而過……啊，依稀有印象在徵選會時，活動中心中有與她錯身而過，當時他滿腦子只想找洪國榮的麻煩，沒有特別留意她。

眞正開始認識她，是從第一天練習開始吧，不，那天她只是坐在那邊看著，之後總針對著自己「找麻煩」。

阿嘉每天有送不完的信，同時也爲了樂團的不成器心煩，於是兩人一直像仇人似的針鋒相對，卻沒有發現雙方的處境是那麼相同。

莫非心頭那股淡淡的愁，是因爲演唱會結束，她就要回台北去了？

他一邊想著詞句，想著那七封信的故事，想到友子，「國境之南」這四個字似乎突然有了新的意義，從台灣的角度看，恆春是國境的最南端，但從友子他們日本人的角度來看，整個台灣都是國境以外的南方異國。

想到此，六十年前的異國戀情故事彷彿鮮明了起來，阿嘉抓住這股感覺，注入了新的歌詞構想。

既然如此，那原本〈國境之南〉的歌名也不再適用了，他凝視著詞稿半晌，決定把歌名改成〈海角七號〉。

＊　＊　＊

練團室裡，其他人停止了練習。

「誒，恁兩隻馬仔啊，」茂伯突然說，他指的是「馬」拉桑和勞「馬」，「明天你們按呢眞正會甘願？我昨晚想歸眠攏無睏，我彈琴彈五十多年啊，明仔再頭一遍唱，竟然提這支在搖。」說完很不甘願的搖了兩下鈴鼓。

「喂，你啦，」他又點名勞馬，「你唱歌亦眞好聽啊，明天敢無想欲哼兩句啊？」

「我覺得齁……」大大正想發表意見，茂伯大聲打斷她：「妳恬恬啦，我無問妳啦！囡仔人有耳無嘴！」

說到一半，水蛙染著整頭紅進來，茂伯冷眼看了看，然後大聲說道：「紅色無時行了啦！」

水蛙正不曉得要說什麼，友子推門進來，看來她已經把中孝介接來恆春了。

「阿嘉說他先在家裡修改歌詞，他叫我們自己先練習。」勞馬怕她對阿嘉缺席生氣，連忙解釋道。

友子愣了愣，接著露出大大的笑容說：「我今天在機場買東西要送給你們。」和阿嘉的關係改善了以後，她也反省了，一直以來，她不只是對阿嘉大呼小叫，對整個樂團團員也是既輕蔑又沒禮貌，實在是很對不起他們，想起來很感謝他們包容自己到現在，她趁著在機場的機會，爲他們每個人買了禮物，在機場時，「蜻蜓雅築」的店員費心向她解釋了每顆珠子代表的意義，她爲每個團員都挑選了一串，當然，她也想乘機會送阿嘉琉璃珠，可惜他不在，就晚點再說吧！

「大大，」她幫大大戴上「這是祖靈的眼睛，保護妳的身體健康成長。」

「謝謝。」小女孩大方的說。

「馬拉桑！」友子學馬拉桑平時的大嗓門，「這是蝶蛹之珠，希望你的勤勞帶給你很大很大的財富。」

「謝謝，謝謝，我需要財富。」馬拉桑忙不迭戴上，發自內心的說。

「水蛙！」友子笑著大聲說，「這是手腳之珠，讓你的手藝更好。」說完看到水蛙的紅頭，不禁笑了，想起一開始她還嫌他像昆蟲，沒有舞台魅力呢，現在他竟打扮得這麼誇張。

「勞馬，這是孔雀之珠，守護你對你太太堅定的愛情。」友子正要幫他戴上，勞馬卻指著自己頸子上，已經戴著一串琉璃珠。

「這是淚痕之珠，這個，對我妻子最不捨的思念。」

友子先是愣了一下，然後淺淺一笑，「戴著吧，都買了，有愛情才會有思念啊！」

「謝謝。」聽她這麼說，勞馬也一笑，接受了。

「茂伯啊！」當友子走到茂伯面前，突然琴聲大作，大大站起來指著茂伯說：「鴨尾他阿公現在只是鈴鼓手而已喔！」

「什麼鈴鼓手，鈴鼓手擱是安怎？」茂伯罵道，好啊，這查某囡仔這呢會記恨，剛要她惦惦今麼就來這套……

友子笑了笑，「茂伯啊！這是日光之珠，象徵你尊貴的地位。」

「啊我這有媽祖呢，敢未冤家？」茂伯拿出媽祖護身符，猶豫的說。

「未啦，大家都一家人，哪會冤家啦！」勞馬笑道。

說著說著，馬拉桑竟然拿出不曉得幾時偷偷做了的「馬拉桑」服，說是要當樂團的制服：「馬拉桑，千年傳統，全新感受，一家人的制服。」眞是服了他了。

友子寒暄兩句後告辭，她還得去接待中孝介一行人，當她離開後，茂伯接著先前的話題，提到馬拉桑，便說：「啊你本來就彈貝斯是無差啦……」

啊？……馬拉桑被這麼一說，想起了他的低音大提琴，以前總是在當貝斯手，從未有機會把低音大提琴帶上台，他何嘗不想在舞台上彈奏它呢？

然後茂伯又點名大大：「妳在學校不是攏彈彼號口風琴？」而且還要鴨尾吹，她來彈哩，別以為我不曉得。

這下倒是連大大也說服了，茂伯起了個壞主意，他說阿嘉回去修詞，寫了什麼只有他自己知道，太不公平，他們也要來給他一個「蛇撲賴死」，驚喜一下，今晚大家回去拿出自己的獨門樂器，加緊重練，到第二首歌就來個獨門樂器上場。

要是臨時行不通怎麼辦？不要緊，茂伯說，要是臨時行不通，大不了換回來就好了，不過這樣他要準備第三首歌，第三首歌時月琴一定要上場！

「咱暖場呢，第二首唱了就該落台了啦！」勞馬說，再說，哪來的第三首歌，就算他們臨時寫了一首，阿嘉不在場，他也不會唱啊！

「我知有一條他一定會曉唱的……」茂伯神祕的說。

練習結束後，茂伯和水蛙一起到了機車行，請水蛙幫他修補月琴。

「歹勢，借坐一下。」茂伯對幫他們開門的老闆娘說。

老闆娘端了點心過來，看他們忙著修月琴，便說：「恁在這無閒，我先去歇睏。」

茂伯瞧見水蛙一直緊盯著老闆娘看，打了他一下：「烏白來！」

修著修著，茂伯突然一指：「啊那是啥？」

「『康加鼓』啦！」水蛙答道，他跟茂伯說，以前有個外國人錢不夠，用鼓抵帳，本來老闆不肯，水蛙喜歡它，就自己掏錢買了下來，他在恆春沒有鼓可打時，都是這康加鼓陪他度過。

「按呢你敢不打伊？」茂伯說。

不遠處，派出所裡，勞馬也正吹著口琴。

海角七號

演唱會當天下午，只剩下最後的彩排，這臨時拼湊的樂團到底如何，很快就要見眞章了。

到這個時候心情反而放鬆了下來，阿嘉和友子及團員們，或坐或站，在海灘上，聽著中孝介排練。他來到夏都之後，走到哪都有粉絲歡呼尖叫，日本唱片公司的人也很驚訝，他在台灣人氣竟然這麼高。

阿嘉原本對台灣歌迷們總是崇洋感到很不屑，但靜下來聆聽中孝介的歌聲，特殊的唱腔高亢時仍不失柔和，就像防波堤內海一樣的治癒人心，怪不得被稱爲療傷系歌手。

相對的，自己的音樂就像外海一樣的狂暴。

在台北時，他總對團員說，要呈現給聽眾百分之百的完美表現，對技術十分苛求，曾幾何時，他成了技術導向，總是太盡力求表現，忘了音樂最重要的是與人共鳴，他又想起徵選會上自己與勞馬的彈奏，他高亢的旋律有如狂烈北風，雖然引人注意，卻也讓人遠離，勞馬隨興彈出的音樂縱然不精準，不賣弄技術，但反而像是和煦的春風，讓人沉浸其中。

阿嘉突然有點了解自己在台北失敗的原因了，其實，以前的團員們不是一直和他說過了嗎？只是他聽不進去，想到此，他對台北的芥蒂也完全解除了，若有所感的說：「我終於知道，爲什麼大家會說我以前唱歌太用力了。」

聽得懂日文歌詞的友子，則是另一個心情，中孝介正唱著〈各自遠颺〉，那歌詞訴說著：「我們踏上各自的，各自抉擇的道路……」

雖然是溫婉的歌曲，卻有如鐵鎚般敲擊在友子的胸口上，演唱會結束後，她和阿嘉，就要走向不同的道路了，她又想起了日本老師的七封信，以及他女兒所寫的那封信，到最後，他終究是沒有把思念寄出，而是女兒代勞，她也會像他一樣帶著遺憾離開台灣嗎？

「阿嘉，」她喚道，阿嘉回過頭，「我……」正要說下去，工作人員打斷了她：「你們人到齊了嗎？換你們彩排了」

阿嘉他們開始排練，友子則得帶彩排完畢的中孝介一行人回飯店休息，說話的機會又消失了。

友子一邊陪著笑，一邊暗自懊惱，中孝介突然停下腳步：「友子小姐。」

「是？」

他指了指天空：「彩虹。」

＊＊＊

露台上，明珠正抽著菸。

所以那個遠藤友子還是留下來了，或許日本人也有不半途而廢的。

一回頭，卻看到友子走了過來，用日語說：「給我一根可以嗎？別說妳聽不懂日語。」

明珠愣了一下，的確，自己曾經用日語喊過她。明珠抽出一根菸，再幫友子點著：「今天結束以後，妳很快就不用再看到我們這些討厭的人了。」她說。

但是友子好像不這麼想，她停了半刻，吸了一口菸，緩緩的繼續用日文說：「我好像喜歡上阿嘉了，」她自我解嘲道，「也不是沒有談過戀愛，只是這次眞的很奇怪，連我自己都搞不清楚。」

啊？

這就是所謂冤家吧，當年他和她也是「不打不相識」，明珠本來要微笑，一想起那個人，心情又整個凍結。

「日本人哪懂愛情？」明珠帶著輕蔑，用日語這麼說。

「喂，妳被日本人傷過心嗎，怎麼那麼有偏見啊？」友子說，她看到明珠沉默不答——該不會眞的說中了吧？——小心的問道：「難道是，大大的父親？」

明珠轉過頭來，沒有回答，但是她的表情說明了一切。

「妳一定被男人傷得很重。」友子結論道。

「早就心死了。」明珠帶著點滄桑說。

友子大概猜想著明珠的遭遇，然後她又想起了信裡的小島友子，若是她一直沒收到那些信，會不會以爲自己也是被拋棄呢？

「我也在尋找一位心死的恆春少女，」友子說，「不過，那少女現在大概已經八十歲有了吧！她和我名字相同。」

明珠聽到這裡，猛然心驚，八十歲、和遠藤友子的名字相同，不就是奶奶嗎？她打從一開始就注意到兩人同名，友子沒察覺明珠的異樣，繼續說著日語：

「我在阿嘉那邊，看到一件郵包，一件找不到地址的日本郵包，正確的說，是七封情書，日本老先生死了以後，他女兒在他櫃子裡找到，代他寄來的。可是很可惜，六十年前的舊地址已經沒有人記得了，我……偷看過那些情書，那是我所見過最美麗的思念，一定能撫慰老人的心靈。」

看來真的是奶奶。原來，她當初說反了呢！奶奶並沒有被拋棄，被拋棄的，只是明珠自己而已。遠藤友子還若無其事的抽著菸，明珠挾著菸的手卻顫抖了起來，奶奶應該要收到那些信的，可是……

明珠轉身，撕了張便條紙，拿起筆來開始寫奶奶的地址。

「怎麼了？」友子這才察覺她不對勁，連忙問道。

「把信送到這個住址，」明珠遞過便條紙，「那個叫友子的恆春少女住在這裡。」她繼續用日語說。

「這是怎麼回事？」

「她是我的奶奶。」

既然這樣，「那……妳親自拿去給她啊？」

「我對奶奶做了很過分的事，所以沒有臉再見她了，」明珠想起以前奶奶的好，還有自己犯下的錯，不禁紅了眼眶，眼淚一邊打轉一邊催促，「快去吧！」她看友子不動，猛推了她一把，大聲叫道：「快去啊！」

沒想到在離開台灣前最後的時刻卻找到了信的地址，友子跑回沙灘，到舞台邊叫道：「阿嘉！」

阿嘉走到舞台邊，蹲了下來。

「阿嘉，找到郵包的主人了，」友子把地址交給他，然後問：「你可以現在去嗎？」

「有那麼急嗎？」

被阿嘉這樣一問，對啊，有這麼急嗎？自己是在焦急什麼呢？

等一下演唱會就要開始了，專業的工作人員絕對不該在這個時候節外生枝，絕不應該犯下這種錯誤，但是爲什麼自己那麼心急呢？

友子突然懂了，是因爲信的關係，六十年前的日本老師帶著遺憾離開台灣，現在自己也將離開台灣，所以，她才會急著想知道那七封信能不能寄到，想知道六十年前的故事的結局……其實她眞正想知道的，是自己的故事會不會有結果。

眞傻，怎麼可能在這種時候送信呢？友子笑自己，眞傻，怎麼可能放棄回日本工作的機會呢？結局早就已經註定了，不是嗎？就像年齡大了就當不成模特兒，過了十二點鐘，灰姑娘的夢就該醒了。

如同那位日本老師寫的，不是拋棄，是捨不得，與其分隔兩地，最後不歡而散，還不如留下美好的思念，永遠留存。

她放棄了，不過，至少臨走前，要告訴阿嘉一聲。

「阿嘉，」友子說，「今天晚上表演結束，我就要和日本唱片公司的人一起回日本，他們邀請我到日本的唱片公司當公關。」

「妳答應了？」阿嘉訝異的問道。

友子帶著憂愁，淺淺一笑：「記得告訴我那個也叫友子的女孩的長相喔，」然後拿出要給阿嘉的禮物，爲他戴上，「這是勇士之珠，它會保護你的榮譽和勇敢。」只要阿嘉能一直戴著這串珠子，在日後偶爾回想起她，她就心滿意足了。

阿嘉拿了地址，從舞台一躍而下，跑離沙灘。

友子追了出去，看樣子阿嘉送信去了，她心情十分複雜，一方面憂心演唱會，一方面又有點感動。

阿嘉總是不放棄，不是嗎？

＊＊＊

為什麼這樣衝動呢？阿嘉自己也不曉得，演唱會就要開始了，竟然跑出來送信，要是以前在台北時團員這麼做，他一定會氣炸的。

或許是因為友子要回日本的關係吧，從來她要他做的每件事他都當耳邊風，至少最後，他答應過的，要說到做到，不能半途而廢。

但是這也不成理由，要是演唱會搞砸了，那才是最大的半途而廢。

所以又是為什麼呢？

不管了，先送了再說。

按著地址，來到一棟山間古厝，那是一棟組合紅磚、木窗與水泥，彷彿混合著不同時代似的建築，門柱上貼著紅底金字對聯，門開著，阿嘉走了進去，問道：「有人在咧否？」

沒有回應，阿嘉又喊了聲：「有人在咧否？」

裡頭一片靜悄悄，阿嘉緩緩走進古厝內深處，探出一道長廊，長廊的底端後門外，有一位穿著灰色上衣的老婆婆，背對著阿嘉坐在長板凳上，她膝上擺著米篩，正專注著剝豆子，老婆婆動作熟練而有規律，彷彿凝結了時空，阿嘉不想打擾她，便躡著腳走到她身後，將信盒輕輕放在老婆婆右手邊板凳上。

阿嘉離開前，又回頭看了一眼長廊，然後緩緩走出，騎上車駛去。

茂伯和他大略提過信裡的故事。所以，六十年前的思念，也終於傳達到女方的手中了。

阿嘉的心思從凝結的時空中回到現在，他又想起了方才自問的問題。

原本他以爲友子只是要回台北，沒想到是要回日本去，或許是因爲這樣他才激動起來、不理性的跑來送信吧？

這也說不過去啊，跟友子才認識沒多久，再說兩人一直在吵架，關係比較好，只是這兩三天的事情而已。

也不是沒交過女朋友，女孩子，不就是那麼回事，來來去去的；也不是沒有過一夜情，那也不代表什麼。

阿嘉把車停在海邊路上，靠在機車邊，眼看夕陽離海平面越來越近，阿嘉還是一動也不動的看著海。

爲什麼？或許是共鳴吧，打從靈魂深處，寂寞的兩人心底的共鳴，就好比音樂的共鳴一般。他沒談過這種戀愛，以前追求女孩子，都只是爲了玩樂而已。

但如今想這些有什麼用呢？日本和台灣雖然不是永別，但距離的暴力很快會摧毀剛萌芽的愛情，算了吧！

阿嘉把友子爲他戴上的琉璃珠解下，打算塞進包包裡，卻看到了自己所寫的歌詞紙。歌名原本叫〈國境之南〉，他在昨天修詞時，將它改成了〈海角七號〉，沒想到才過一天，他就把信送達「海角七號」了，他微笑了笑，想起六十年前的故事。日本老師被迫離開，但阿嘉和友子都有選擇的空間；日本老師的思念留存了六十年，難道他與友子之間，不過相隔飛機三小時的航程，思念就會飄散了嗎？

阿嘉又戴上勇士之珠，六十年前的故事只留下遺憾，他不希望故事重演，友子送給他勇士之珠，不就是暗示他勇敢去愛？

他跨上機車，猛扭油門往海灘騎去。

演唱會

海灘上，人潮已經聚集，工作人員正用大聲公指示群眾：「……現在在退潮，麻煩你們往裡面靠一點……靠進來一點……」

阿嘉還是不見人影，夏都總經理情急之下大罵友子：「妳有沒有搞錯啊，都什麼時候了，妳還叫他去送信，妳到底有沒有進入狀況啊！」

倒是日方還想幫友子緩頰，友子自己也六神無主，正不知如何是好，大大一指：「阿嘉回來了。」

友子連忙趕上前，又急又氣的質問：「你怎麼去那麼久！」

阿嘉一面跑向友子，聽到她熟悉的怒罵聲，心想，自己到這時才回來，友子一定急壞了，所以，她就是這樣，慌張不知所措的時候，總用憤怒來表現，他早該察覺的。

友子仍然滿臉怒容，阿嘉卻不答，反而是整個抱住了她，在友子耳邊說：

「留下來，或者我跟你走。」

看到這一幕，勞馬會心一笑，心想：「呦，果然如此。」老是只想著自己的老闆娘的水蛙，則是彷彿發現新天地，疑惑的問道：「誒，他們兩個不是仇人嗎？」大大一臉事不關己的上台，其他人也只是微微笑，沒有人回答水蛙的問題，他摸摸頭，走上舞台。

阿嘉放開友子，繼續跑向舞台，恰好趕上時間背上電吉他就位，先向馬拉桑點點頭致意，接著阿嘉指了指大大——正式來時妳可別搗亂——大大卻滿不在乎的聳肩回應，這到底代表她有聽進去了，還是根本不在意？阿嘉正有點擔心，水蛙不知何時找了兩根多的鼓棒，走到阿嘉身旁往下一丟，鼓棒落入人群，聚集的群眾彷彿被激起漣漪似的興奮歡呼了起來，水蛙轉頭對阿嘉說：「不要緊張，放輕鬆。」

「誰緊張，」阿嘉回罵道，「神經病！」但心裡卻笑了，許久未上舞台，的確有些得失心，被水蛙這樣一搞，倒是眞的放鬆了。

後台，中孝介坐定觀看。

舞台前方，夕陽即將落入海面，阿嘉靈機一動，指著夕陽，大喊：「十！」

一開始群眾沒反應過來，等阿嘉喊到「九！」「八！」時，攝影機發現了阿嘉的意思，把鏡頭對準夕陽西下，金黃色的落日出現在大螢幕上「七！」「六！」群眾也發現了，於是一起大聲倒數，「五！」「四！」「三！」「二！」「一！」

然後阿嘉往前迴身一躍，舞台同時迸放出開場煙火，音樂同時響起，群眾歡聲雷動。

倒數夕陽和這一躍都是剛剛才想出來的主意，以前在台北樂團時，他總是要求每一個細節從頭到尾規劃好，然後練習到完美無瑕爲止，絕不可能像現在這樣臨時起意，但是這些臨時起意，效果卻出奇的好，就好比如果沒有水蛙先前亂丟鼓棒，群眾的反應也不會這麼理想。

他原本很擔心暖場團沒有舞台經驗會怯場，但是他多慮了，群眾對他們來說像是興奮劑似的，馬拉桑在久違的舞台上活蹦亂跳，平常總是臭著臉的大大竟然也露出了笑容。

在練習時，阿嘉還是用以前的方法盡全力猛力的唱，但是他現在明白「太用力」的道理，保留了一些空間，當〈無樂不作〉歌聲開始，台下觀眾歡呼聲又更大了，彷彿他是眞的明星似的，阿嘉看到洪國榮跟媽媽正在台下，看樣子洪國榮簡直不敢相信樂團能表現得這麼好，他興奮得像小孩子似的拚命揮手。

對樂團表現吃驚的不只洪國榮，友子也不敢置信，她急忙從後台奔出來，阿嘉與樂團脫胎換骨的演出，這是奇蹟嗎？

阿嘉自己也不敢相信能有這樣的成果，回想樂團剛組成時，那個荒腔走板的樣子，他嫌棄團員們各彈各的調，還差點與勞馬大打出手，才想到勞馬，當唱到副歌時，勞馬忍不住插嘴進來唱道：「天是空的，地是乾的……」

一開始阿嘉忍不住皺了眉頭，長年的習慣還是沒辦法一夕改掉，以前他絕不允許在現場突然改動表演方式，更別說插嘴了，但是他想起了勞馬在徵選會上，和水蛙自然合奏的事，或許比起事先設計，放任音樂去感染反而更有力量？他退讓了，反過來略降了聲量，配合勞馬粗獷渾厚的聲音。

然後馬拉桑也忍不住湊了上來，搶著阿嘉的麥克風，他那宏亮有特色的聲音加進來，阿嘉突然發現，比起一個人的獨唱，眾人的合唱彷彿在邀請所有人參與似的，更有感染力，接著水蛙、茂伯也跟著開唱，連大大也受到這樣的歌曲感染了，她跟上了最後一句：「當夢的天行者～」

小孩不就是最有希望和夢想的「夢的天行者」嗎？由大大甜美的聲音來詮釋再適合不過了。

於是阿嘉把麥克風讓給了馬拉桑，他看見方才工作人員的大聲公還留在舞台上，就拿起大聲公演唱，他的聲音透過大聲公添加了特殊的風味，意外起了畫龍點睛的效果。原本的主角中孝介正坐在後台觀賞，面露微笑，眞沒料到，這暖場團的音樂如此有生命力。

歌曲最後，茂伯也興奮了起來，拿著鈴鼓猛敲地，最後把鈴鼓往台下一丟，又掀起了一陣歡呼。

阿嘉笑了，他很久沒有這麼開心了，他看向友子，彷彿在說：不賴吧！友子笑容滿溢，點點頭回答，兩人就這樣互相望著，沒發現樂團成員們都紛紛換了樂器。

等到月琴聲響起，阿嘉才察覺不對勁。

「不要緊張嘛，」大大拿著口風琴走到阿嘉身邊，學著剛才水蛙說：「怕什麼！」然後是茂伯走了過來，遞給阿嘉一只沙鈴，接著彷彿是要報先前練習時，阿嘉抽走他月琴換成貝斯時的一箭之仇似的說：「這支予你搖。」

馬拉桑搬出了那把電子低音大提琴。

而水蛙也從鼓組走向前台，帶著康加鼓。

這是怎麼回事，有什麼特殊安排嗎？阿嘉看向友子，友子也一臉疑惑，聳聳肩表示她不曉得，同時也有些擔心了起來，這樣不按牌理出牌，到底會變成如何？

但是這些稀奇古怪的樂器，彈奏出來的樂音卻異常和諧，低音大提琴襯托著月琴的細膩，康加鼓的鼓音不像鼓組那麼高亢，更適合慢歌，勞馬放下電子吉他改彈木吉他，大大的口風琴也別具特色，混合出一股南國風味。

群眾不曉得這是最後一天才由茂伯臨時提議的奇妙組合，還以爲是精心設計的傑作呢，當阿嘉開始唱出：「如果海會說話……」群眾歡呼不絕於耳，自發的揮起了手，夏都總經理眼看演唱會非常成功，滿意的離開。

樂音也傳到了夏都飯店，明珠走到欄杆邊聆聽，聽到阿嘉唱著：「……把那一年的故事，再接下去說完……」

聽說阿嘉在演唱會前還急著跑去送信，不知道奶奶收到信了嗎？

水蛙一面拍打著康加鼓，聽著歌詞，一面看著台下的老闆娘，啊，這歌詞寫得眞好——妳會不會把愛，在告別前用微笑全歸還呢？

接著阿嘉唱道：「……我仍空著我的臂彎……請原諒我的愛，訴說得太緩慢……」他突然往友子的方向搖起沙鈴，然後停止了動作與歌唱，團員們也跟著停了下來。

阿嘉心中突然百感交集，以前，他總是對女孩子說：「留下，不然我就走。」方才，他在海灘上抱住友子時，說的卻是：「留下來，或者我跟妳走。」他仍然很怕這只是自己的一廂情願。這首〈海角七號〉，歌詞訴說著六十年前的遙遠思念，而故事的最後，一個人傳達不了的思念，透過故事主角的女兒、許多不知名的郵政人員、茂伯、友子，最後是自己，終於傳達到女主角的手中。那麼，自己是不是也能把一個人傳達不了的情感，靠樂團的大家，藉著音樂的力量，觀眾們的共鳴，傳達給友子呢？阿嘉凝視著友子。

觀眾們先是一陣疑惑，很快有人發現阿嘉看著的方向站著一個女孩子，便提醒攝影機：

「那邊那邊！」

攝影機從善如流，馬上把鏡頭轉了過去，友子的身影出現在大螢幕上，台下的群眾發出了「噢喔！」一聲，這下所有人都曉得台上正在進行愛情戲碼了，演唱會不是常安排這種橋段嗎？

友子不好意思了起來，中孝介也轉頭看了看，原來他們倆是情侶？

阿嘉與友子四目相望，兩人一動也不動，觀眾開始輕聲起鬨，是時候了，推他們一把吧！勞馬拿下友子送他的琉璃珠，走向友子，看來，這串珠其實最適合的是友子她自己，他走到友子身邊，把琉璃珠交給她：「這是孔雀之珠，它會守護著妳堅貞不移的愛情。」然後回到舞台上，拍了拍阿嘉。

原來是代傳信物啊，台下興奮了起來，睜大眼睛看著友子會怎麼辦。

友子佇立著，握著手中的琉璃珠。阿嘉，你做到了，友子心想，你把六十年前的思念送到那位友子的手中，也把你的情感送到六十年後的友子手中了。當友子把琉璃珠往上拿，台下群眾「噢喔！」聲又更大，只差沒大喊「在一起、在一起」，當她真的戴上時，全場歡呼拍手了起來。

友子與阿嘉相視，開心的笑了，阿嘉彷彿鬆了口氣似的。方才，大大趁這個友子戴上

琉璃珠時回到鍵盤手位置，她在鍵盤上敲起了一陣華麗的花式，提醒阿嘉再度開始演唱：

「當陽光再次，回到那……」

經過這一段小插曲，觀眾更加投入，中孝介走了出來，他該準備上場，這暖場團的表現十分成功，他向友子點點頭致意。

友子反而向他道謝：「彩虹的事，謝謝你。」

「沒什麼。」中孝介說。

〈海角七號〉樂音結束，台下先是鼓掌歡呼，接著，卻不是呼喚中孝介，而是出乎意外的喊起了：「安可！安可！安可！安可！」

「不要緊的，」原本的主角中孝介大方的說，「就讓他們再唱一首吧！」

「不行的，」友子連忙答道：「他們只有準備兩首歌……」

「啊？」

才說到一半，舞台上突然響起了月琴的獨奏，觀眾以爲是安可曲之前總會有的吊胃口前奏，「安可！」聲喊得更大了。

勞馬笑了，不會吧，茂伯真的要把第三首歌派上用場嗎？

不知情的阿嘉急著揮手：「過來啦，茂伯！」

茂伯彈起了〈野玫瑰〉前奏，觀眾心知安可曲要開始了，「安可！安可！安可！安可！」

台下，歐拉朗在一片熱情揮手叫喊的群眾中拿出口琴，向台上大喊道：「勞馬！……勞馬！」

勞馬連忙接過，接著也回到舞台上麥克風前，口琴聲響起，阿嘉更困窘了，怎麼連勞馬也這樣……

水蛙和大大也就位，然後茂伯看向阿嘉一眼，彷彿在說：「〈野玫瑰〉，我聽你哼過的，可別說你不會呦！」

好吧！真是拗不過這些人，阿嘉搖搖頭，再度走上舞台。

台下又是一片拍手歡呼。

然後阿嘉唱起了：「男孩看見野玫瑰，荒地上的野玫瑰……」

〈野玫瑰〉本是世界名曲，各國都有各國語言的改編曲，中孝介一聽，就說道：「啊，這首我也會唱。」他走了上台，唱起了日文版的〈野玫瑰〉，當他一出現，台下瘋狂了，原來這安可曲竟是無縫連接中孝介出場的安排啊！眞是太巧妙了。

台上的阿嘉連忙要退讓，把舞台還給中孝介，但中孝介拉了他一把，彷彿在說：「這是你的安可曲呢！」示意兩人一起唱。

於是，中文與日語合唱，〈野玫瑰〉優美的旋律，就這樣繼續演唱下去。

玫瑰，玫瑰，紅玫瑰……荒地上的玫瑰……

南之四

栗原南在列車上昏昏沉沉的睡著了，父親的信、佐藤先生說過的話、山本教授給的資料，全都在腦海中交織在一起，她做起了夢來。

她夢到她回到了一九四五年，台灣的碼頭邊。

大船汽笛聲鳴起，船身上漆有「高砂丸號」船名，啊，那是父親所搭的船，在大戰時它被海軍徵用爲醫療船，船身一片綠，上頭漆著紅十字。

濃濃的黑煙從「高砂丸號」兩根高聳的煙囪中冒出，陸陸續續有人上船，在國民黨士兵監視下，樓梯旁有日本士兵拿著消毒水對著每個上船的乘客噴灑，上船的人，有的和士兵笑著談天，他們是軍人，他們還有故鄉可回，戰爭結束，他們總算不用擔心會被派到蟲蛇叢生的東南亞，死在美軍的砲火或火焰槍焚燒之下。

有的則面容愁苦，他們像父親一樣是在台灣生長工作的日本人，被迫一無所有的離開台灣的家園，歸鄉反成離鄉。

汽笛聲又鳴起，乘客都上了船，「高砂丸號」即將啓航，船上將回日本的乘客，紛紛靠向船舷，向台灣的友人們揮手道別。

栗原南看見船上卻有個人枯坐在甲板上，不敢起身看向岸邊……那就是父親吧！他自覺愧對友子，父親一仰頭，還是決定要看看友子最後一面，但他害怕被友子看見，只敢半跪著，探頭出去。

他看見了，友子特別穿了一身白，戴著存錢好久才買下的白色針織帽，在人群中特別顯眼，她提著一箱行李，靜靜的站著，國民黨士兵擋在拒馬開口處，友子一定想過要闖上船吧，但是嚴格的管制與身分審查讓她徒勞無功，現在船即將啓航，她已經不可能上船了，但是她還是靜靜的站著，尋找著。

她看見了，在船舷成排的乘客中，她看見了只露出半張臉的父親。

船已經開始前進，船上的人拚命對岸上揮手，而岸上不知誰起頭的，有人唱起了日文歌〈螢之光〉，山本教授說，那是世界各國都耳熟能詳的送別之歌。

起先只有一兩個人哼唱，接著越來越多人開始唱，原本國民黨禁止台灣人送別時說日文及唱日文歌，荷槍實彈在一旁監視著的國民黨士兵在中國戰場和日本軍隊血戰多年，理當痛恨日本人，但是他們卻包容了。

於是船上也唱起歌來，「高砂丸號」啓航，慢慢遠離碼頭。

友子看著父親，她往船移動的方向踏了一步，再踏了一步，然而「高砂丸號」不斷往前駛去，她是不可能跟上的。

父親一直回首凝視著友子，他的臉孔越來越遠，越來越小，友子露出了焦急的表情，但是父親仍然一點一點的遠去，最後在夕陽的餘暉下，成了一小片黑，再成爲一個黑點。而父親也只能眼睜睜看著友子越來越小，越來越小，直到變成了一個白點，然後台灣島也越來越小，越來越小，父親站了起來，夕陽落入海面，天與海都成了一片紫，然後漸漸化爲黑暗。

船上只有微弱的燈光照明，父親在黑夜完全降臨之前，取出紙筆……

男孩終於來摘它，荒地上的野玫瑰……

＊＊＊

〈野玫瑰〉繼續演唱著，歌聲向恆春四處傳播開來，當樂音傳到古厝所在的山上時，已經完全聽不見了。

天色已晚，暗藍色轉成了暗紫色，然後幾乎要成為黑色，在長凳上剝著豆子的老奶奶也即將休息，她將剝好的豆子從大米篩中取出，正要放到右手邊長凳上，卻看到長凳上不知何時放著一只黑底金松針紋盒子。

老奶奶放下豆子，掀開信盒。

一疊信上有著一張黑白照片，那是一張少女在海邊、笑得燦爛如天使般的照片，她相簿裡遺失了的那張照片。

老奶奶拿起照片，仔細端詳，然後將相片擱在大腿上。

她拿起了第一封信。

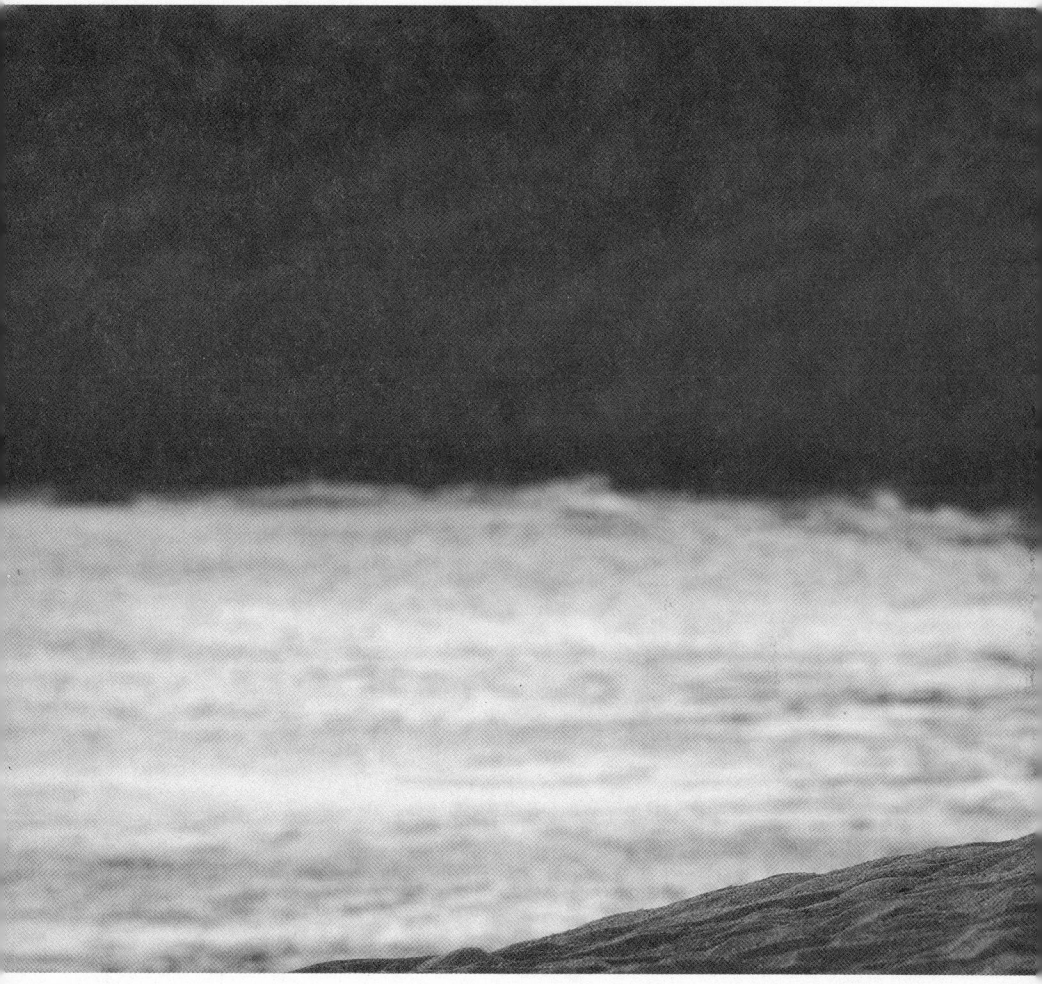

LOCUS

LOCUS

LOCUS

L O C U S